유진목 1981년 서울 동대문에서 태어났다.
2015년까지 영화 현장에 있으면서 장편 극영화와
다큐멘터리 일곱 작품에 참여하였고,
1인 프로덕션 '목년사'에서 단편 극영화와
뮤직비디오를 연출하고 있다.
2016년 시집 『연애의 책』이 출간된 뒤로는
글 쓰는 일로 원고료를 받을 수 있게 되었다.
2017년 산문집 『디스옥타비아』,
2018년 시집 『식물원』을 썼다.
부산 영도에서 서점 '손목서가'를 운영하고 있다.

KB041024

산책과 연애
Walks and Relationship

—

유진목

시간의흐름。

읽지 않는 것이 더 나은 장이 있습니다.

전부 읽어도 저로서는 어쩔 수 없습니다.

읽고 싶은 순서대로 읽으십시오.

모든 것은 당신 뜻대로입니다.

산책과 연애라면 함께 걷는 일을 떠올릴지 모르겠다. 그래서 내가 이 책을 통해 연애하듯 결혼 생활을 하고 있고, 살면서 매일 규칙적으로 산책을 하고 있는데, 해 보니 산책이란 게 여러모로 삶에 좋더라는 이야기를 하려는 것은 아니니 안심하길 바란다.

평소에 나는 산책을 하지 않는다.

여행지에서는 하루에도 몇 시간씩 걸어다니는 편이지만 산책을 생활의 루틴으로 삼아본 적은 단 한 번도 없다.

평소 산책이라는 것을 하지 않는 사람이 '산책과 연애'라는 주제로 책을 쓰기로 한 것은 연애를 하는 동안에 유독 혼자서 산책했던 시간들이 떠올랐기 때문이다.

나는 연애를 할 때마다 그들을 죽이지 않으려고 필사적으로 걸었다. 현관을 박차고 나가는 순간부터 골목을 따라 이리저리 방향을 틀고 신호가 바뀌지 않는 횡단보도를 비껴 어느 방향으로나 내쳐 걸었다. 그러다 여기가 대체 어딘지 몰라 어리둥절해하던 그 순간들이야말로 나와 연애한 사람들이 지금까지 무탈히 살아 있는 여러 이유들 중에 하나쯤은 될 수 있을 것이다.

그들은 모를 것이다.

한때 자신의 삶이 몹시 위태로웠다는 것을.

나는 ~~인간에게 살의를~~ 연애에 환멸을 느낄 때마다 혼자서 걸었다.

산책이 나를 ~~살인자가 되지 않게~~ 미치지 않게 했다.

*

유심히 살펴 걷지 않으면 금방 길을 잃을 단어들이 이 책에는 많이 있다.

나는 단어들을 여기저기 나열하고 그 문장을 따라 여러 번 걸었다. 그러면서 나 말고 다른 사람도 한 번쯤은 걸어봐도 좋을 길을 만들었다. 걸음 하나에 단어 하나를 놓으며 뒤에 올 사람에게 표식을 남겼다.

곰곰이 걷는 길에 우리가 어느 문장에서 마주칠 수 있기를.

일러두기

- 단행본은 『 』, 잡지는 《 》, 신문과 시, 논문은 「 」로, 영화와 곡명,
  작품명은 〈 〉로 표시했다.
- 외래어 표기는 국립국어원 외래어표기법에 따랐으며
  관례로 굳어진 것과 입말이 더 많이 쓰이는 경우는 예외로 두었다.

차 례

인
간

자신과 가까움에게로 돌아가는 일이 불가능하다면
어떻게 타자에게 다가갈 것인가?
― 뤼스 이리가라이,『사랑의 길』

돌이켜보면 내게 가장 좋았던 연애는 대상이 없는 연애였다. 대상이 없는데 어떻게 연애를 하냐고? 할 수 있다. 차차 이야기를 하도록 하자.

다음으로 좋았던 연애는 사람이 아닌 것과의 연애였다. 사람이 아닌 것과 연애를 한다고? 정말로? 시인 같은 소리하고 앉아 있네. 어디선가 목소리가 들리는 것 같다.

나는 다양한 것들과 연애했다. 돌이나 영화는 내쪽에서 가장 오래 좋아해온 상대라 할 수 있다. 자꾸만 목소리가 들린다. 돌이라니?

하지만 혼자서 좋아하는 것은 연애가 아니다. 이것은 두 번이고 세 번이고 반복해서 말하고 싶다.

*

혼자서 하는 것은 연애가 아니다.

*

연애는 혼자서 하는 것이 아니다.

*

연애는 상호작용이 있어야 한다. 상호작용은 '반드시'라고 할 수 있다. 연애의 필수 조건.

나는 돌을 좋아한다. 수많은 돌 중에 어떤 돌은 나를 좋아한다. 나를 좋아하지 않는 돌을 나는 알아볼 수 있다. 저 돌이 나를 좋아할까? 한 번도 의심해본 적이 없다. 돌은 가장하지 않기 때문이다. 나를 좋아하는 돌을 만나면 꼭 물어본다.

나랑 같이 갈래?

나를 좋아하지만 자신이 있던 곳에 계속해서 남길 원하는 돌들이 있었다. 아쉽지만 우리는 거기서 함께 시간을 보내고 헤어졌다. 나와 함께 가길 원하는 돌들도 있었다. 그들은 지금 내가 있는 곳에 나와 함께 있다.

내가 좋아했지만 나를 싫어하는 영화도 있었다. 나는 싫어했는데 나를 좋아하는 영화도 있었다. 다행히 서로 좋아했던 영화도 있다. 아무려나 영화를 만드는 일은 전쟁 같다(전쟁을 겪어본 적은 없다). 매번 힘든 만큼 얻는 것이 있을 거라는 동기를 가지고 시작해서 무엇을 얻는지 모르는 채로 돌발하는 온갖 일들과 싸운다. 싸움이 격하여 내상은 물론이고 때때로 심각한 육체의 부상을 얻는다(나는 허리를 다쳐서 1년간 재활치료를 하며 일을 쉬어야 했다). 싸운다는 의미에서 대략 전쟁이라 치고. 전쟁 같은 와중에 어떤 영화와 내가 서로 좋아할 수 있었다는 것을 나는 큰 행운으로 여긴다.

＊

돌과 영화. 그리고 사람.

(내가 사람과 연애한 이야기를 읽고 싶지 않은 사람은 여기서
79쪽으로 넘어가도 좋다.)

어쨌든 사람과도 나는 연애했으니까. 그것은 늘 힘이 드는 일이었다. 돌은 가장하지 않지만 사람은 가장하기 때문이다.

✳

사람과 연애할 때 굳이 내가 아니어도 상관없었다는 것을 알아차리는 순간 나는 폭발한다.

✳

내가 아니어도 됐다면 나와 시간을 보내지 말았어야지?

✳

나를 대체물로 거기에 있도록 한 사람에게 나는 살의를 느낀다.

✳

지금까지 나를 속이지 않은 사람은 단 한 명뿐이었다. 단 한 명을 제외하고 모두 내가 아니어도 상관없는 연애였다. 이런 문장을 쓰고 있으면 '살의'가 무엇인지 느낄 수 있다. 그러나 그저 마음속에 간직만 하고 실행에 옮기지 않은 것은 내가 속는 사람이었기 때문이다. 나는 잘 속는다. 상대의 말을 그대로 믿는다. 살의씩이나 느끼면서 왜 자꾸 속는지 고약한 습성이다. 어쩌다 자꾸만 믿는 사람이 되었는지 모르겠다. 믿는 사람이어서 속는 사람이 되었다.

✻

믿는 사람은 속는 사람이다. 이 말은 믿어도 좋다. 믿으면 속게 된다.

✻

믿지 않으면?
의심한다.

✻

의심하면?
골치 아픈 사람이 된다.

✻

의심하는 사람은 사사건건 의심하느라 피곤한 성정을 지니고 만다. 게다가 사람들은 피곤한 타입을 꺼린다. 의심하는 사람은 사람들 사이에서 고립된다. 피곤하니까. 사는 건 안 그래도 피곤하니까. 안타까운 일이다. 믿지도 말고 의심하지도 말고. 그럼 어떡하라고?

　　내 숱한 경험에 비추어 내린 결론은 이렇다. 사람은 믿을 필요도 의심할 필요도 없다. 타인은 그저 내버려두면 된다. 먼 산을 보듯 바라보면 안전하다. 믿을 것도 의심할 것도 속을 것도 없다. 그런데 먼 산이 갑자기 나를 향해 성큼 다가온다면? 그래서 지각이 변동하는 힘으로 나를 뒤흔들었다면? 가까이서 보니 이름 모를 풀과 꽃이 잔뜩 피어 있고 중턱쯤엔 쉬기 좋은 커다란 나무 그늘이 있어 그 산에 오르고 싶은 생각이 든다면? 정상에 올라 더 먼 곳을 바라보고 싶다면?

올라보는 수밖에. 내려오는 길이 상당히 험난할 수도 있다. 하지만 올라보지 않으면 그것도 알 수 없는 노릇이다. 그런데 내가 왜 사람을 산에 비유하고 있지?

＊

이쯤에서 한 가지 일러두고 싶은 점이 있다. 이 책은 수기로 쓴 것을 타이핑해 정리한 것이다. 무분별하게 쓰여진 뒤에 나름 의도를 가지고 재구성되었다. 다른 사람에게 나의 노트를 준다면 전혀 다른 형식의 책으로 쓰일 수도 있을 것이다. 글씨를 알아볼 수 있다면 말이다.

＊

언제 덮어버릴지 모르겠지만 아직은 이 책을 읽고 있는 당신에게 내가 주고 싶은 것이 있다면, 어느 페이지를 읽다가 당신이 겪었던 일을 떠올리고 혼자서 4333333 3343333333333333333333333333333333ㅂㅁㅁㅁ ㅁㅂㅉㅉㅉㅉㅉㅉㅉㅉㅈ1111111111111111111111111111

1111111111111111111 -ㅌ₩ㅋㅋㅋㅋㅋㅋㅋㅋㅋㅋㅋ
ㅋㅋㅋㅋㅋㅋㅋㅋㅋㅋㅋㅋㅋㅋㅋㅋㅋㅋㅋㅋㅋ
ㅋㅋㅋㅋㅋㅋㅋㅋㅋㅋㅋㅋㅋㅋㅋㅋㅋㅋㅋㅋㅋㅋ
ㅋㅋㅋㅋㅋㅌ 웃어버리는 순간이다.
(방금 나와 함께 사는 고양이가 키보드 위를 지나갔다.)

＊

나는 인간의 경우 남자와만 연애를 해봤다. 따라서 '인
간' 편에 수록된 몇 가지 에피소드들이 그다지 흥미롭
지 않을 거라는 생각이 든다. 나는 재미없는 연애만 해
봤다. 편협한 경험의 소유자이다. 가각의 연애를 통과할
당시만 해도 내가 처한 이 특수한 상황을 어떻게 빠져나
갈 것인지를 궁리했지만 사람만 바뀌었지 늘상 반복되
는 일들이라 점차 상황을 정리하기도 수월해져갔다.
   '어떻게'를 고민할 것 없이 '그냥' 멈추면 된다는
것이 내가 인간과의 (그중에서도 남자와의) 연애를 통해
알게 된 것이다. 게다가 특수한 상황이라는 것은 없으
며 대체로 비슷하고 거기서 거기라는 것이다. 무엇이?
내가 만나본 남자라는 사람들이.

＊

나처럼 남자와만 연애를 해본 사람들은 아래의 목록에
서 몇 개쯤은 공감할 것이다. 다들 어쩜. 하나같이. 똑
같이. 거기서 거기.

〈질문들〉

- (하루키)를 좋아하세요?
- 좋았어?
- 원래 이런 사람이었니?
- 내가 널 행복하게 하니?
- 나한테 고마운 건 없니?
- 넌 날 사랑하지 않는구나?
- 나보다 그게 중요해?
- 내가 언제?

〈유형들〉

- 확실히 기분이 상한 표정
- 자주 갑자기 침울해짐
- 술이 깨면 침울해짐
- 왜 그러냐고 물으면 말을 안 함
- 가족이랑은 섹스를 안 하는 남자
- 자신이 행하는 일에는 아무런 의도가 없음
- 집이 더러움
- 여러 가지 이유를 들어 싱글인 척함

〈질문들〉

- **(하루키)를 좋아하세요?**

이런 질문이 오고 가는 관계라면 다분히 옛날 사람이라고 할 수도 있겠다. 나는 살면서 이 질문을 여러 상대에게 똑같이 들어봤다. 나는 옛날 사람인가? 그게 중요한 건 아니고. 하루키를 좋아하냐고 물은 사람 중에 괜찮은 사람은 단 한 명도, 정말이지 단 한 명도 없었다. 모두 최악의 플로우를 단계별로 밟다가 저절로 사라졌다. 저절로 사라진 이유는 내가 딱히 호응하지 않았기 때문이다. 하루키를 좋아하냐고 묻는 남성은 하루키 소설 속의 남성과 자신을 동일시하는 경향이 있다. 최악이다. 매주 같은 요일에 만나서 (그러니까 나머지 요일엔 무얼 하는지 모르는) 여자와 정기적으로 섹스를 하고 나머지 시간에는 폼을 잡고서 재떨이와 대화를 나누고 싶어한다. 스바루나 갖고서 폼을 잡든가.

정기적인 섹스니 스바루니 무슨 소린지 모르겠는 사람은 하루키를 읽지 않은 사람이다. 나는 하루키를 읽은 사람이다. 나는 하루키의 책을 거의 다 읽었다. 그

35

중 『댄스 댄스 댄스』의 이야기를 굉장히 좋아한다. 달콤하기 때문이다. 하루키만 할 수 있 는 달콤함이 있다. 다른 사람이 하면 큰일난다(하루키 대신에 각자 생각나는 단어나 경험한 단어를 넣어보자).

· 좋았어?

뭐가 좋았냐는 건지? 너가? 아니면 너의 스킬이? 나의 기분이? 나의 몸이? 하여간 그런 걸 묻는 상대가 있다. 좋았어? 침묵. 이하 생략.

· 원래 이런 사람이었니?

자, 이 질문은 싸우자는 것이다. 그럴 때 싸우고 싶으면 싸우면 된다. 싸우기 싫다면 역시 침묵. 이하 상동.

· 내가 널 행복하게 하니?

아니면 어쩌려고? 대단히 용감한 질문이 아닐 수 없다. 행복을 스스로 만들어 갖는 사람에게 이런 질문을 하는 사람은 무쓸모한 인간이며 어떤 대답도 그 질문에 만족을 줄 수 없다. 상대는 위와 같은 질문을 던짐으로써 구태여 자신이 행복의 주체가 아니라는 생각에 의기소침해진다. 위로를 해줘야 하나? 하지만 귀찮다.

예시) 내가 널 행복하게 하니?
　　　그럼, 네가 있어서 행복해.

이 낯간지러운 대화로 한껏 고조되는 상대에게는 측은함이 생긴다. 상대는 입가에 미소를 띠고 있다. 갑자기 나를 힘껏 끌어안기도 한다. 머리를 마구 쓰다듬고 목덜미에 뜨거운 콧김을 내뿜는다. 머리 좀 그렇게 하지 말래? 내가 이 말을 입 밖으로 꺼내 말한 적이 있었던가? 있었던 것 같기도 하고. 어, 미안. 그런 말을 들었던 것 같기도 하고.

- **나한테 고마운 건 없니?**

밥 사줘서 고맙다. 이건 실제 상황이다. 나는 밥 사줘서 고맙냐고 했다. 빌어먹을.

- **넌 날 사랑하지 않는구나?**

나: 알면서 왜 묻니?
나: 왜 그런 생각이 들었어?
너: 그냥, 그런 것 같아서.
나: 그렇구나.

대화 종료.

- **나보다 그게 중요해?**

응. 중요해.

상대는 격노한다. 따라서 각오를 단단히 하고 말해야 한다.

응.
중요해.

- **내가 언제?**
네가 알아서 생각해라. 나한테 묻지 말고. 혹시 생각나면 연락하고.

연락 없음.

- **나라면 안 그럴 것 같은데?**
나는 네가 아니다. 이 대답을 이해하는 사람은 이제껏 아무도 없었다.

.

〈유형들〉

· **확실히 기분이 상한 표정**

카페에 마주 앉아 있다가 혹은 집에 함께 있다가, 거리
를 걷다가 혹은 전시를 보다가, 영화를 보러 들어가기
전에는 괜찮았는데 극장이 불이 거지사 확실히 기분이
상한 표정을 짓고 있다. 세상 모든 피곤함이 밀려온다.
이럴 때 왜 그러는지 물어서는 안 된다.

· **자주 갑자기 침울해짐**

갑자기 침울해져서는 그것이 나 때문이라는 것을 아주
강력한 기운으로 내뿜는 사람들이 있다. 각별히 주의
해야 한다. 자주 반복된다면 관계를 정리하도록 하자.
나 때문에 침울하다니. 내가 없는 게 너한테는 좋겠다.
안녕!

· **술이 깨면 침울해짐**

술 마실 때나 만나든지 말든지.

• 왜 그러냐고 물으면 말을 안 함

말을 안 할 수 있다. 말하기 싫을 수 있다. 할 말이 있지만 하지 않겠다는 표정은 사양한다. 이런 경우 나는 왜 그러냐고 묻지 않는데 (모른 척하는데) 그러면 상대가 처음 유형에도 해당하는지 알 수 있게 된다.

다시 말해, 왜 그러냐고 물었는데 말을 안 해서 내버려두었더니 확실히 기분이 상한 표정이 된다. 혹시 당신도? 우리는 여러모로 친구가 되기 어렵겠군요.

• "나는 가족이랑은 섹스 안 해요."

그러면서 마치 재치 넘치는 유머를 구사한 듯 웃으면서 징징댄다. 웃지 말고 또박또박 말해라.

노트에 수기를 하다 보면 자유로운 글쓰기가 가능하다. 이런저런 일들을 떠올리며 적다 보니 좀 짜증이 나긴 해도 우습기가 더했는데 타이핑하면서 이토록 힘이 들 줄이야. 하나도 웃기지 않다.

하여간 내가 알았던 남자들은 왜 다 저 모양이었을까? 그러는 나는 어땠냐고? 나는 내멋대로 굴다가 모두와 헤어졌다. 나는 자다 죽는 것처럼 이별하고 싶었다. 힘든 건 너무 힘이 드니까.

가만, 내가 만났던 남자들이 이 책을 읽고 있을지 모르겠다.

안녕?

그동안 잘 지냈어?

가족이랑 어떻게 섹스를 하냐던 남자의 소식은 원치 않아도 종종 들려온다. 책에 일러스트를 그리기 때문이다. 한번은 연재하는 칼럼이 발행되고 보니 그의 일러스트가 곁들여 있었다. 썅. 서점을 열고 나서는 그가 삽화를 그린 책은 입고도 안 하고 있다. 최근에 출간된 어떤 책은 좋아하는 작가의 책이었는데 하필 그가 삽화를 그려서 들춰도 못 봤다. 내가 비위는 한없이 약하다. 가끔 보면 ~~표지도 하는 듯~~. 극혐.

'극혐'이란 '극단적인 혐오'나 '궁극의 혐오' 따위를 줄인 말이다(실은 잘 모른다). 극단적인 혐오로 인해 역사에 기록된 수많은 비극을 우리는 잘 알고 있다. 그가 어쩌다 나에게 내뱉은 멍청한 말 한 마디로 존재 자체를 혐오해도 되는가? 엄밀히 말하자면 그 누구도 그 자신으로 혐오당해서는 안 된다(그래도 넌 극혐이야).

- **자신이 행하는 일에는 아무런 의도가 없음**

말 끝마다 "그럴 의도가 아니었다"고 하는 사람에게도 나는 궁극의 혐오를 느낀다. 자신이 무슨 짓을 해도 그럴 의도가 아니었으니까 괜찮은 사람에게는 내가 가진 궁극의 혐오를 아낌없이 표현했기 때문에 내 책을 읽을 가능성은 0에 수렴한다. 아쉬운 일이다. 가능성이 조금이라도 있다면 어째서 그 말이, 그 태도가 궁극의 혐오를 일으키는지 조목조목 써서 남겨둘 텐데.

그러니까 제발. 나는 사람들이 아무 말이나 하고 싶은 대로 나한테 말하지 않았으면 좋겠다. 그럴 의도가 아니었다니? 자기는 가족이랑은 섹스를 안 한다니? 매사에 그럴 의도가 없었던 사람과 가족이랑은 섹스를 안 하는 남자를 처음부터 알아볼 수 있는 방법은 없을까? 어떻게 하면 그들과 거리를 두고 되도록 멀리 있으면서 말을 섞지 않고 살아갈 수 있을까? 어떻게 해야 인간을 더 혐오하지 않고 살아갈 수 있을까?

• 집이 더러움 / 여러 가지 이유를 들어 싱글인 척함

마지막 두 유형은 무조건 관계를 정리해야 한다. 특히 집이 더러운 것은 그 사실을 알게 된 순간 곧장 정리하는 것이 좋다. 집 말고 그 사람과의 관계를 정리해야 한다는 말이다. 그럴듯한 이유를 들어 싱글인 것처럼 행동하는 유형도 하루속히 연애 관계를 끝내야 한다. 사람들에게 알려지는 직업을 가진 사람일수록 그럴 수밖에 없는 이유를 계속해서 가져오는데 듣고 있을 필요도 없는 개소리다. 언젠가는 연애 상대가 있음을 밝힐 것이다? 정리하는 습관을 들일 수 있다? 아니오.

예전에 알던 남자는 (시인이다) 술이 좀 취하자 나와 따뜻한 곳에 가고 싶다고 했다(따뜻한 곳이 어딜까?) 왜냐고 물으니 내가 추워 보인다고. 안 추운데요?

✳

한때 나는 카페 사장과 연애했는데 그는 내가 앞에 앉아 있든 말든 트위터만 봤다. 사람을 앞에 두고 휴대폰만 줄창 들여다보고 있는 것은 무슨 수를 써도 익숙해지지 않았다. 그런데 주위를 둘러보면 카페의 모든 사람들이 트위터만 보고 있었다. 그래도 저 사람은 혼자 있구만. 참다못해 난색을 하자 카페 사장은 트위터가 장사에 도움이 된다며 정색했다. 그래. 생계가 달려 있다는데. 무슨 말을 더 하겠어.

　　나중에 안 사실이지만 카페 사장은 나를 앞에 두고 휴대폰만 들여다보면서 혼자서 찾아와 커피를 마시는 (여자) 손님들에게 다이렉트 메시지를 보내거나 문자 메시지를 보내고 있었다.

✳

커피 더 드릴까용?

43

이건 다 카페 사장이 나를 휴대폰만큼 좋아하지 않아서
일어난 일일 것이다. 그런데 자꾸만 헷갈리게 사람들이
죄다 트위터만 보고 있고 카페 사장은 이게 요즘 방식
이라고 하고 나는 잘 믿으니까 그런가 하고.

✳

한번은 카페에 자주 오던 (여자) 손님이 들어와 가게 안
을 둘러보더니 사장님은 안 계시냐고 물었다. 사장은
오늘 쉰다니까 깜빡 잊었다면서 난로에 대고 있던 손을
입가로 가져가 호호 불었다. 밖이 정말 춥다고 했던 것
같기도 하고. 그러더니 이 사람이 약간의 사이를 두고
내게 말했다.

　　　손님: 사장님이 휴일에 뭘 해야 할지 잘 모르겠다
　　　　　　고 하시더라고요.

✳

당시 나는 카페 사장이 급히 볼일이 있거나 하루쯤 쉬
고 싶어 할 때 가게를 대신 봐주곤 했는데 손님이 별로
없어서 혼자 있어도 책을 읽거나 다른 소일거리를 할
수 있을 만큼 한산했다. 하루는 그가 친한 뮤지션의 공
연을 보고 싶어 해서 가게를 봐줄 테니 잠시 다녀오라

고 했다. 그는 고맙다며 서둘러 나갔다. 그러고 나서 가게에 앉아 있는데 기분이 매우 좋지 않았다. 딱히 설명할 수 없지만 아주 이상한 느낌이 있었다.

아니, 이제 더는 안 된다는 예감(직감인가?). 며칠 뒤 나는 작심하고 그의 휴대폰을 열어보았다. 그때 나는 그래야 했다. 공연이 있던 날 카페 사장은 난로에 손을 녹이며 밖이 정말 춥다고 했던 사람에게 다이렉트 메시지를 보냈다. 시간을 보니 가게를 나가자마자.

> 어디 계세용? 전 지금 나왔어용.

둘은 상당 기간 트위터에서 메시지를 주고받았는데 그중엔 이런 메시지도 있었다.

> 요새 사장님 여자친구분이 힘들어 보이세요.
> 무슨 일 있으신 건 아니시죠?

> 글쎄용.

＊

말을 하고 헤어질까 그냥 헤어질까 생각하다 부아가 치밀어서 그만.

나: 혹시 김유진 씨(가명) 좋아해요?

카페 사장은 처음에 그게 누군지 잘 모르겠다는 표정을 지었다.

나: 김유진 씨(가명) 몰라요?

카페 사장은 생각을 좀 하다가 눈썹을 바짝 올리며 누군지 알겠다는 표정을 지었다.

나: 김유진 씨(가명)랑 공연 보지 않았어요?

카페 사장은 그걸 어떻게 알았냐고 했다. 휴대폰을 봤다니까 이건 본인이 화를 내야 하는 일인데 지금은 본인이 화를 낼 타이밍이 아니라고 생각하며 마음을 가라앉히는 듯했다.

나: 김유진 씨(가명)랑 연애를 해요. 나하고 이러지 말고.

카페 사장은 그런 게 아니라고 했다. 만약 그런 감정이었으면 우리 둘을 모두 아는 사람들이 오는 공연장에 그 사람이랑 갔겠냐는 거였다(그때는 또 듣고 보니 그런가 싶었다). 아무튼 김유진 씨(가명)와 연애할 생각은 전혀 없다고 했다. 둘이 동갑이니까 친하게 지내면 좋을 것 같아서 소개해주려고 했다며(지금 보니 지랄하고 있네).

나: 이제부터 가게 안 왔으면 한다고 전해주세요.

카페 사장은 단골손님이고 누구나 올 수 있는 곳에 갑자기 오지 말라고 하는 게 이상하지 않냐고 진지하게 반문했다. 나는 그 사람에게 내가 말했다고 전하면 무슨 말인지 단번에 알아들을 거라고 했다. 그는 내 말을 이해하는 것도 같고 잘 모르는 것도 같았다.

나: 안 하면 내가 하고요.

그러사 카페 사장은 곧장 자신이 하겠다고 했다. 그 후로 카페 사장은 휴대폰을 자신의 몸과 같이 간수했다. 김유진 씨(가명)는 적어도 내가 있을 때는 카페에 나타나지 않았는데 계속해서 메시지를 주고받았는지 내가 없을 때 카페에 드나들었는지는 모른다. 나는 그 일이 있은 후로 카페 사장이 무슨 짓을 하든 아무런 감정이 들지 않았다.

*

예감인지 직감인지 뭔지 확인하려고 타인의 휴대폰을 들여다본 것은 그때가 처음이었다. 내가 이 연애에서 반드시 알아야 하는 일이 있다는 확신이 있었다. 아는 사람은 알겠지만 나는 내 휴대폰이 어디에 있는지도 잘 모르는 사람이다.

＊

카페 사장과 나는 대충 만나면서 대충 시간들을 보내다
가 대충 헤어졌다.

＊

카페 사장과 연애를 하다가 헤어지면 가장 먼저 곤란
한 것이 단골 카페가 사라진다는 것이다. 나는 노트북
을 들고 오랫동안 조용히 글을 쓸 수 있는 다른 공간을
찾아야 했다. 그래서 집 근처에 한두 번 가본 적이 있는
카페에 가서 글을 쓰기 시작했는데 하루는 이 카페 사
장이 시키지도 않은 음료를 가지고 오더니 잔 밑에 메
모지 한 장을 끼워두고 갔다. 펴보니 일수 대출 광고 문
구가 찍힌 메모지였다. 메모지에는 카페 사장의 이름과
전화번호가, 그 아래로 내 전화번호를 알고 싶다는 문
구가 적혀 있었다(이런 일로 메모지를 몇 장이나 썼을까?).
하…… 나는 또 어디로 가야 하나. 주섬주섬 짐을 챙겨
서 일어났다.

야외석에서 지인들과 맥주를 마시고 있던 카페 사
장2가 벌써 가냐고 물었다. 괜찮으면 잠시 앉아서 맥주
나 한잔하라고. 여럿이 앉아 있기에 그럴까요 그럼, 하
고 빈자리에 앉았다. 맥주를 한잔 마시면서 다시 볼 일
이 없을 것 같은 사람들이 하는 이야기를 들었다. 누구

는 녹음실을 운영하고 있다고 했고 누구는 음악을 한다고 했다. 통성명도 했는데 이름은 전부 기억이 나지 않는다. 얼굴은 물론이다. 이들은 오래 알고 지낸 사이로 보였다. 이렇게 카페 사장이 불러 합석한 사람을 얼마나 봤을까? 그때마다 같은 레퍼토리로 자기소개를 하고 이야기를 나눴을까?

*

그로부터 얼마 지나지 않아 카페 사장2가 나에게 연애를 걸어왔다. 정해진 수순이라고 생각했다. 그런데 몇 번 만나보니 카페 사장1이니 카페 사장2나 별반 다를 게 없었다. 그만 만나는 것도 정해진 수순이었다. 만나지 말자는 말이 나오고 그냥저냥 며칠이 흐르고 카페 사장2가 자신의 카페에서 잠깐만 보자고 했다. 밤 12시가 넘어 퇴근하는 길이었다. 나는 너무 피곤한 하루를 보냈고 다른 사람의 생각이나 감정은 전혀 알고 싶지 않았다. 그래도 아닌 건 아닌 거니까. 빨리 정리를 해야지. 예의 그 야외 자리에 앉아 있던 카페 사장2가 나를 발견하고 일어서더니 갑자기 주저앉았다. 보니까 그게 무릎을 꿇은 것이었다. 나는 앉아야 할지 계속 서 있어야 할지 어서 빨리 여길 떠나야 할지 판단이 서질 않았다. 너무 피곤했기 때문이다. 그러지 말고 의자에 앉아서 얘기하자고 하자 그는 고개를 숙이고 나를 놓칠 수 없다고 했다. 접힌 무릎 위에 움켜쥔 주먹이 놓여 있었다. 건너편 집에서 나온 남자가 담배를 피우며 우리를 구경하다 들어갔다.

*

사람과의 연애는 흔한 사건이다. 사람과 사람이 만나서 만드는 비슷한 일들의 연속. 나는 지금 더 이상 새롭게 알게 된 사람과 연애를 하지 않아도 되어서 좋다.

*

스무 살 때였나 스물한 살 때였나 동아리의 (모르는) 선배 결혼식에 갔다가 알게 된 (모르는) 선배가 몇 번 밥을 먹자고 불러내더니 크리스마스에 예술의 전당에서 공연하는 〈호두까기 인형〉을 예약해두었다고 했다. 나는 크리스마스에 발레를 보러 갈 생각이 없다고 했더니 비싼 공연이고 평소에 볼 기회가 없지 않냐면서 자기는 나랑 잘 만나다가 결혼을 하면 좋겠다고 했다. 지금까진 말 안 했지만 (아니, 몇 번을 봤다고) 연봉이 1억이 넘으니 학비며 생활비 걱정 안 해도 되고 내가 하고 싶은 거 하면서 살면 좋지 않겠냐고 했다.

*

이게 말이 되는 소린가? 학비와 생활비 걱정을 하지 않는 대신에 자기와 한집에 살면서 섹스를 하자는 얘기 아닌가?

50

＊

하지만 이런 일들은 매우 흔하다. 아니 뭐 이런 괴상한 일이 있어? 하고 생각하는 사람은 연애에 있어 크나큰 행운을 타고난 사람이다.

＊

마치 연애인 듯 가장해서 엉망이고 진창이 되어 결국에는 연락을 끊은 사람들이 등단과 함께 내 앞에 다시 등장하기 시작했다.

> 시집 나왔다며. 시를 계속 쓰고 있었구나.

　　마치 한 사람인 것처럼 다들 비슷한 문자 메시지를 보내왔다. 아, 이런 메시지도 있었다.

> 블라디보스토크 좋아해요?

(내 시집 제목이 『강릉 하슬라 블라디보스토크』다.)

＊

호두까기 선배도 그중 하나였다. 그래서 우리는 15년 만에 밥을 한 번 더 먹었다. 뭘 먹었는지는 기억이 나지 않는데 무교동 근처였다. 빌딩 앞 가로수에 벤치가 있어 나는 거기로 가 황급히 담배에 불을 붙였다. 금연 구역인지 아닌지 살필 겨를이 없었다. 그가 식당에서 나오자마자 이쑤시개로 이를 쑤시기 시작했기 때문이다.

호두까기: 담배 아직 안 끊었구나.

그는 앞니를 쑤시며, 나이도 있는데 이제 슬슬 끊어보라고 했다. 평소 누구와도 그렇게 하는 듯 자연스러운 모습이었다. 이쑤시개 끝에 걸린 것을 입술로 빨아서 오물거리기도 했다(나는 그것을 뱉을까 봐 무서웠다). 그 일은 내가 담배를 피우는 동안에 계속되었다. 나는 계속 먼 곳을 바라보며 담배를 피웠다. 내가 딱 싫어하는 포즈인데. 먼 곳을 보며 담배를 피우는 사람들은 멀리하는 게 좋다. 고작 담배 한 대를 피우는 시간이 그토록 길었을 때가 또 언제였더라. 내가 담배를 쓰레기통에 버릴 때 그도 다가와 거기에 이쑤시개를 버렸다. 그는 내가 담배를 끊어도 당장은 아이를 낳을 수 없다고 했다. 그러니까 하루라도 빨리 끊으라고.

나: 선배는 여자가 전부 아이 낳는 사람으로 보이나 봐?
호두까기: 아니. 그런 건 아니고. 너 걱정돼서.

*

내가 사람을 싫어하는 것을 누구도 막을 수 없다.

그런가 하면 사람끼리 연애할 때 종종 자신이 하는 연
애에 도취되는 사람이 있다. 방금 쓴 이 문장은 복수의
문장이다. 한 사람이 아니다. 그들은 연애를 통해 자신
이 하는 말과 행동과 감정을 음미한다. 그들은 스스로
를 달콤하게 여기는 듯하다. 자신이 쾌감이 될 수 있다
는 것에 나는 매번 놀란다.

＊

　그들이 자기를 사랑하는 것을 누구도 막을 수 없다.

＊

이십대 후반에 거의 매일 만나던 애가 있었다. 그 애는
나랑 거의 매일 만나서 내가 내는 돈으로 밥을 먹으며 나
에게 예술에 대해 많은 이야기를 했다. 그 애는 작업할
시간을 더 많이 갖기 위해서 적게 일하고 적게 벌 것이라
했다. 월세며 공과금, 용돈 등은 부모에게 받고 있었다.

＊

그 애는 미술대학 학부생이었고 나는 직장에 다녔다.
그 애와 연애를 시작할 때는 둘 다 영화 일을 하고 있었
는데 수년째 본 적 없는 아빠가 전화를 걸어와 다짜고
짜 폐암이라며 입원한 병원을 알려 왔다. 나는 지방에

있고 촬영이 아직 며칠 남아서 당장은 갈 수 없다고 하자 아빠는 나 같은 자식은 세상에 없을 거라고 했다. 나는 촬영을 마친 뒤 편집에 참여할 수 없음을 알리고 열 몇 살 이후로 몇 번 본 적 없는 아빠를 엄마와 번갈아 병간하며 근 1년을 간이침대에서 지냈다. 항암치료를 할 때 아빠는 완전히 다른 사람이 되어서 괴물 같은 말을 나에게 퍼부었다. 그러다 기운을 차리면 나이롱 환자처럼 500원짜리 동전을 손에 가득 쥐고서 병실 한가운데 짝다리로 서 있었다(문득 요즘 병실 TV도 동전을 넣는지 궁금하다).

그렇게 1년을 지내다가 직장을 구했다. 아빠의 상식에 준하는, 정해진 시간에 출근하고, 정해진 날짜에 월급을 받고, 일의 성격이 분명해서 사람들에게 길게 설명할 필요가 없는 직장을 구하는 것이 그 병원에서 나갈 수 있는 유일한 방법이었다. 그래서 출판사에 취직했다. 아빠는 암 병동을 돌며 딸이 출판사에 취직했다고 말하고 다녔다. 특히 출판사 이름을 자랑스러워했는데 내가 취직한 곳이 하필이면 아빠와 비슷한 연배의 사람들이 한 번쯤 이름을 들어봤거나 읽어도 봤을 잡지를 만드는 곳이었기 때문이다.

병동 한 바퀴를 돌고 온 아빠는 이제 자기도 이 병원에서 고개를 들고 다닐 수 있다고 했다. 나는 아빠가 되게 뻔뻔한 사람이고 그것이 아빠의 타고난 성정이라는 것을 다시 한번 확인했다.

*

바로 그 점을 내가 닮은 것 같기도 하고.

*

하여간 당시 만나고 있던 그 애는 예술가적 면모를 듬뿍 가지고 있었다. 그리고 그것을 실현할 수 있는 파트롱도 있었다. 여러모로 부러운 친구였다. 그 애는 자신이 매월 받고 있는 용돈의 사용처에 식대는 전혀 포함시키지 않은 것 같았다. 재료값이 많이 들어서 평소에는 (나를 만나지 않는 날은) 라면을 먹는다고 했다.

*

나는 그 애를 2년인가 만났다. 그사이 아빠는 퇴원했고 나는 퇴사했다. 월급을 받는 동안에 조금씩 모아둔 돈이 있었다. 그걸로 단편영화를 찍고 싶었다. 그 애의 부모님이 학교 앞에 얻어준 집은 창밖으로 나무가 울창하게 보였다. 나는 그 애의 방을 주요 공간으로 설정하고 이야기를 썼다. 촬영이 끝나고 편집을 하고 있을 때 나와 그 애는 헤어졌다. 이십대의 마지막 연애. 그 애와 내가 연애를 했다는 건 알았는데 당시에 헤어진 건 알지 못했다. 그 애와 나는 저절로 헤어져 있었다. 자동 이별. 각자의 작업에 몰두하다 보니. 내 인생에 다시 없을 예술가적 모먼트.

그 애와도 헤어지고 한 번 더 만났다. 내가 내 작업물에 그림을 하나 그려달라고 했고 내 쪽에서 먼저 작업료로 30만 원을 주겠다고 했다. 나중에 송금할 때가 되어서 보안카드를 맞춰보다가 문득 그 애로부터 한 가지 알고 싶은 게 있었다. 그래서 나는 송금하지 않았다. 그 애가 전과 다른 사람이 되었다면 내게 연락을 해오겠지. 나는 생각했다. 그리고 몇달을 작업료 문제로 그 애가 연락해올 것을 기다렸다. 그 애는 연락하지 않았다. 가끔 페이스북에 알 수 없는 음악과 알 수 없는 글을 올렸다. 본인이 만들고 쓴 것 같았다. 미술대학원을 다니는 중이었는데. 30만 원쯤 필요하지 않은 것은 여전한 모양이었다.

자기모순을 발견하지 못한 자기는 서서히 혹은 빠르게 자기 자신과 사랑에 빠진다. 나는 무슨 수를 써도 나를 사랑할 수 없었다. 신을 사랑하는 엄마와 사랑이 무엇인지 모르는 나와 궁핍한 생활이 너무나도 분명해 살아 있는 것이 싫기만 했다. 몇 번인가 나는 죽으려고 했는데 그것은 삶이 보잘것없어서였다. 삶이라는 것이 아니라 나의 삶이.

*

하지만 스스로 죽는 것은 어려운 일이다. 살면서 늘 실패하는 일도 내 삶을 멈추는 일이었다. 그럴 때 사람들은 당장 죽는 대신에 매일 조금씩 죽는 방식을 택한다. 아무것도 하지 않고 시간을 흘려보내는 것이다. 그저 누워서 하루가 가고 이틀이 가고 몸이 쇠약하여 처음에는 허기가 지다가 나중에는 음식을 생각하면 구역질이 나고 그래서 먹을 수 없어지고. 천장의 빛이 밝아졌다가 사라지고. 생생하던 것들이 하나둘 아득해지고.

*

비교적 살아 있는 일에 여력이 있을 때는 내가 아닌 사람과 함께 있으면서 맞이하는 좋은 순간들을 상상해보았다. 그것은 상상이어도 좋았다. 상상 속에서 내가 느끼고 경험한 것을 나는 글로 썼다. 그러면 그것이 마치 나의 기억인 것처럼 나에게 남았다. 세상에 없는 사람과 보낸 시간이 나에게 기억으로 남아서 내 인생이 되어주었다. 문제는 그런 기억이 쌓일수록 점점 더 현실의 사람과 멀어지게 된다는 것이다. 좋은 시간이 어떤 것인지 모르고, 자기가 타인에게 무얼 하는지 모르고, 사랑이라는 것은 할 생각이 전혀 없는 사람들을 받아들일 수 없게 되어버린다.

57

*

사람과의 좋은 순간은 늘 그리운 것이었다. 살면서 가져본 적 없는 순간인데 그랬다.

*

그래도 시간이라는 것이 계속해서 살다보면 어느 순간 미래에 도착한다.

*

미래에 도착한 사람은 지나온 시간을 돌이켜보며 안도할 때 행복을 느낀다. 내가 여기에 도착했구나. 거기보다는 여기가 낫구나. 그 사람도 이제 내 옆에 없고. 나는 이제 어디로 가게 될까. 또 어디에 도착할까. 그다음 미래는 좋은 것일까 아닐까. 그때 나는 혼자일까 아닐까.

*

내가 처음 사랑이라는 감정을 느낀 것은 트리니다드의 앙꼰 해변에서였다. 서른다섯 살이었고 모든 게 어그러진 때였다. 한다고 했는데. 나는 안 되나 보다 싶었고.

*

첫 장편에서 내가 받은 돈은 20만 원이 전부였다. 2008년이었다. 그다음 영화는 매달 50만 원을 받았다. 그다음 영화는 매달 95만 원. 그다음 영화는 매달 100만 원. 서른다섯 살이 돼서야 월급이 220만 원이 되었고 처음으로 서명한 표준계약서에 의하면 영화를 마치고 실업급여도 받을 수 있었다. 2015년이었다. 일을 하지 않아도 돈을 받을 수 있다니. 실업급여를 받는 동안에 내 시나리오를 써야지. 생각하면 나에게도 다음이 있는 것 같아 살 것 같았다. 매일 새벽 4시가 다 돼서야 집에 오는 것도 괜찮았다.

*

다 괜찮았는데. 하필이면 소감독이 나보다 나이가 어렸다. 종종 싫은 소릴 농담이랍시고 해서 내 신경을 꾸준히 긁어댔다. 이를테면 이런 식.

> 조감독: 누나라서 내가 일을 편하게 시킬 수가 없네?

뭐 어쩌겠나. 시키실 일 있으면 편하게 시키시라고 하는 것 말고 더 싹싹하게 굴고 싶지가 않았다. 이런 부류들은 대개 내가 점심때 밥을 혼자 먹고 오면 절대로 잊지 않고 그것을 언젠가는 언급한다. 팀이 왜 중요한지 강조하면서. 사무실에서 어쩌다 책이라도 읽고 있으면 가방끈이 어쩌고 한다(조감독은 이력서를 보고 면접도 하기 때문에 나의 이것저것을 알고 있다).

59

조감독: 이 누나 고대 나왔잖아. 고대 나온 사람 처
    음 봐. 너 본 적 있어?
연출부: 저도 첨 봅니다.

이번 영화와 나는 서로 사랑할 수 없나 보다 생각
했다. 그래도 견딜 만했다. 실업급여를 받을 거니까. 게
다가 현장을 돌면서 그간 들은 말들에 비하면 뭐.

❋

김현석(가명): 너 귀에 좆 박았니?
나: 좆이 작으신가 봐요?

❋

나: 감독님은 앞으로 뭘 하고 싶으세요?
감독님: 더 많은 여자와 섹스를 하고 싶어.
나: 아니, 영화…….

❋

싫은 일을 쓰는 것은 싫은 일이다. 싫은 일을 읽는 것도
싫을 것이다. 하지만 사는 일은 싫은 일 없이 살아지지
않는다. 싫은 일은 흔하고 좋은 일은 드물다. 하지만 사
는 일은 좋은 일 없이 살아진다.
    내 생각은 그렇고. 각자 살아온 바에 비추어 사는
일을 생각해보자.

① 싫은 일은 흔하고 좋은 일은 드물다.

② 좋은 일은 흔하고 싫은 일은 드물다.

③ 좋은 일도 없고 싫은 일도 없다.

(나는 ③번을 원하면서 ①번을 살고 내심 ②번을 바란다.)

✻

뭐 다 괜찮았는데. 크랭크인 한 달 전에 몸에 탈이 났다. 점심때 밥을 거르고 근처 병원에 가서 영양제 주사를 맞았는데 그러면 사나흘은 괜찮았다. 현장에 나가는 것은 아무래도 못 하지 싶었다. 안 되는데. 실업급여를 받아야 하는데. 버티다 못해 크랭크인 시점에 인수인계를 하고 책상을 정리해 나왔다. 이전 영화의 두 배가 넘는 월급도 실업급여도 첫 상업영화 크레딧도 모두 사라졌다.

일단 며칠은 내내 자고. 병원에 가 이것저것 검사를 했더니 당분간 절대로 술은 먹지 말고 식단 조절을 하라고 했다. 먹어도 되는 것과 먹으면 안 되는 것이 적힌 종이 한 장을 받았다. 딱히 병명은 없었다. 병원을 나오는데 앞이 안 보였다. 눈 말고 미래가.

✻

정신없이 살다 보면 시간이라는 것이 그냥 흐르는 것이 아닌 순간이 온다. 저절로 흐르던 때도 있었던 것 같은

61

데. 끝난다. 그때 사람은 무엇이든 감행해야 한다. 흔히 말하는 모험 같은 것. 실은 도박과 다름이 없는.

*

그래서 나는 트리니다드의 앙꼰 해변에서 15페소를 주고 선베드를 빌린 셈이다. 누구 한 명이 갑작스레 빠지게 된 프로젝트에 내가 합류하게 된 것인데 와중에 쿠바에 가는 건 좀 미친 짓이라고 생각했다. 술을 그만 마시고 식단 조절을 하고 다른 영화를 알아봐도 시원찮을 판에. 하지만 내가 언제 쿠바를 가보겠어?

*

유료 선베드에 누워 집에 돌아갈 날을 세어보고 있자니 다시 앞이 안 보였다. 이제 가면 또 어떻게 살아야 하나. 그냥 여행이 끝날 때쯤 일행들로부터 이탈해버릴까. 되는대로 돌아다니다가 어느 사탕수수밭에서 죽어버리든지 말든지. 매일 그런 궁리를 하고 있는데 느닷없이 물컹한 게 이마에 닿았다가 둥실 떠올랐다. 그러고는 다시 어깨에 목덜미에 손목에 내려앉으며 몸의 구석구석을 돌아다녔다. 해변에는 사람이 아무도 없었다. 바다에는 수영을 하느라 오른쪽으로 갔다가 왼쪽으로 갔다가 한동안 서서 수평선을 바라보는 남자가 있었다. 그리고 저 멀리 왼편 앙꼰 호텔 프라이빗 비치에는 대여섯 명의 할머니들이 바닷물에 허리까지 몸을 담그고 동그랗게 모여 이야기를 나누고 있었다. 나는 유료 선베드에 누워서 바닷물에 우그러진 페이퍼백을 한 손에 들고 원통한 생각에 사로잡혔다. 이것 참. 또 시작이네.

*

사랑이라는 감정은 좋은 것이다. 마사 누스바움은 정치에 관해 말하든 법에 관해 말하든 분노나 용서에 관해 말하든 사랑을 빠뜨린 적이 없다. 사랑이 결여된 인간은 정치도 법도 분노도 용서도 올바르게 행할 수 없다. 사랑으로 그것을 다룰 때 인간은 이 세계에 인간의 존엄을 해치지 않는 정치와 법을 세우고 분노와 용서가 인간을 장악하지 않을 수 있도록 계도한다. 이것이 내가 이해한 마사 누스바움의 주장이다(사실상 호소에 가깝다). 나는 그 사랑 때문에 마사 누스바움의 모든 저작을 사랑한다. 그러나 인간은 사랑이 결여된 채로 이 세계를 건설하고 통치한다. 사랑 말고 다른 많은 것이 이 세계를 장악하는 데 훨씬 유리하기 때문이다.

*

사랑을 품은 사람은 사랑이 없는 사람에게 거의 매번 지고 만다. 사실이 그렇다. 사랑이 결여된 세계는 사랑하는 사람을 고통 속에 살아가게 내버려둔다. 사랑이 결여된 세계는 사랑하는 사람에게 아무런 관심이 없다. 사랑하는 사람은 방치되어 무능력한 존재로 낙오한다.

63

낙오자는 사랑을 품은 채로 병든다. 먼저 마음이 병들고 병든 마음이 몸을 무기력한 상태로 전락시킨다. 사랑하는 사람은 너무 많이 반성한다. 사랑하는 자신과 사랑이 없는 세계를 반성하면서 무엇이 잘못되었고 무엇을 바꿔야 하는지 진단한다. 하지만 세계를 바꿀 힘은 있기도 하지만 없기도 하다. 사랑이 없는 사람은 힘이 넘친다. 사랑이 없는 사람의 정력적인 얼굴과 힘찬 걸음걸이를 우리는 안다. 여기서 우리는 누구인가. 사랑하기 때문에 병들고 무기력한 사람이다.

*

유료 선베드에 누워 바닷물에 젖은 페이퍼백을 든 사람. 나. 사랑이라는 것이 물컹한 물성으로 검게 그을린 몸을 통 통 건드리는 해변의 오후에. 이러다간 이 세계에 완전히 지고 말 것이 분명함을 감지하는 나. 이미 졌는지도 모르지. 그럼에도 물컹한 그 물성에 감각이 깨어나는 나. 모래가 달라붙은 발가락을 옴싹거리며 초점이 흐려지는 나. 감미롭고 어리석은 나. 어쩌다 다른 모든 것에 실패하고 사랑하는 사람이 되었는지 어리둥절한 나. 책 때문일까? 책을 너무 많이 읽었나? 어째서 나는 사랑하며 살라고 말하는 작가들에게 감응했지? 어째서 사랑 같은 소리 하고 있네 콧방귀를 뀌지 못했지? 그 작자들이 아니 작가들이 내 인생을 책임질 것도 아닌데. 저기 저 사람은 왜 자꾸 바다 한가운데서 힘차게 수영을 하고 있지? 갑자기 물속으로 들어가서 왜 한참을 나오지 않는 거지? 저 사람이 미쳤나? 왜 텅 빈 바다를 꼼짝없이 바라보게 하나? 아니 여기서 죽어버리면 나보고 어떡하라고 저러나? 수면 위로 검은 머리가 솟구쳐 오를 때 나는 황급히 책을 읽는 척하고. 책 너머로 손을 흔드는 걸 못 본 척하고. 그냥 혼자서 수영을 하지 나한테 손은 왜 흔드나? 오고 가는 데만 하늘에 떠서 48시간을 보내야 하는 타지에서 나와 유일하게 한국말로 대화할 수 있는 사람으로 저기에 있지? 새카맣게 그을린 얼굴을 하얀 수건으로 닦으며 나에게 무슨 책을 읽고 있냐고 왜 묻는 거지? 왜 사+ 바다에 들어가 수평선을 보라고 말하는 거지? 바다 한가운데서 바라보는 수평선이 너무 아름답다고. 알겠다고. 수평선은 선베드에 누워서도 보인다고(이렇게 말하진 않았다).

⁕

바다 한가운데서 나에게 손을 흔들던 사람은 그로부터 며칠 뒤 나에게 아바나에 다시 데려다줄 테니 먼저 한국으로 돌아가라고 했다. 아니 이 사람이 정말로 미쳤나. 갈 테면 당신이나 가라고(역시 이렇게 말하진 못했다). 나는 속으로 온갖 욕을 하나씩 발음해본 뒤 왜 그러느냐고 물었다. 그는 약간 잠긴 목소리로 이 여행을 끝까지 마치지 못할 것 같다고 했다. 속에서 아까 빼먹은 욕들이 웅성거렸다. 나는 다시 왜냐고 물었다. 그는 그냥 그럴 것 같고 갑자기 그러는 게 아니라 오래 고민하고 말한 것이라 했다.

*

우리는 한 달에 걸쳐 아바나에서 동쪽 끝까지 일주할 계획이었다. 놀러온 것은 아니고 각자 할 일이 있었다. 오기 전에는 대충 통성명만 한 상태였다. 일정은 아직 3주가 더 남아 있는 상태였다. 나는 한국에 돌아갈 생각이 없다고 했다. 그러자 그는 담배를 몇 대 피우더니 알겠다고 했다. 정말 이상한 사람이었다. 아무리 내가 면허가 없고 차를 운전해 혼자서 동쪽으로 이동할 수 없다고 해도 이렇게까지 여행의 주도권을 쥔 자가 되어서 나에게 느닷없이 한국으로 돌아가라고 하다니. 화가 머리끝까지 치솟았지만 화를 낼 수는 없었다. 나는 내게 주어진 일을 망치지 않기 위해 최선을 다하는 사람이다. 프로페셔널. 하지만 한번 화를 내면 집 한 채를 전소시키고 남을 화력으로 끝장을 보는 성격인데 다행인 것은 거기까지 가는 데 나름 몇 단계를 거친다는 것이다(내 쪽에서는 그렇고 상대는 열이면 열 갑자기 봉변을 당한다고 느낀다).

나는 일단 그가 선점한 주도권을 인정하면서 우리가 별 탈 없이 무사히 이 여행을 마칠 수 있을 거라고 설득했다. 프로페셔널.

그는 알겠다고 했다.

66

그 후로 3주 동안 우리는 동쪽으로 가면서 차 한 대를 나무에 처박아 완전히 박살을 냈고(그때 나는 순간의 기억을 상실하고 왼쪽 다리 전체에 타박상을 입었다. 손문상(가명)은 경찰이 오길 기다리며 길 건너편에 앉아서 박살난 자동차와 나무를 그렸는데 그것이 타고난 태평함인 줄 알았지만 그건 아니었고 나중에 알고 보니 그곳에 있는 동안에 그저 모든 게 좋았을 뿐이었다) 타이어는 두 번이나 더 펑크 나서 차가 주저앉았는데 그중 한 번은 도와주겠다며 접근해 온 낯선 사람에게 사기를 당했고 그중 한 번은 전혀 맞지 않는 스페어가 트렁크에 들어 있어서 차를 또 교체해야 했다.

나는 바야모에 도착하기 전에 휴게 음식점에서 60유로가 든 깡통 케이스와 바워스 앤 윌킨스 헤드폰과 안네발렌틴 안경을 잃어버렸고 그는 시에라마에스트라의 산속에서 아이폰을 잃어버렸다.

여행이 끝날 때쯤에는 1년 전인가 어느 술자리에서 잠깐 본 적이 있는 나를 그가 좋아하고 있었다는 사실을 알게 되었다.

＊

이런 망할.

몇 년 뒤 나는 그와 결혼했다. 함께 사는 동안에 타이어는 세 번인가 더 펑크가 났다. 살면서 바퀴가 펑크 난 것은 전부 손문상(가명)이 운전하는 차였다. 타이어가 원래 펑크가 잘 나나?

*

결혼하고 달라진 것이 있다면 한번 자자고 하는 남자가 싹 없어졌다는 것이다. 그런 점에서 결혼이 쓸모 있을 줄은 몰랐는데. 남자는 자신이 결혼을 했든 안 했든 조금 친해졌다 싶으면 한번 자자고 했었다. 이 문장 역시 복수의 문장인. 상대가 자신과 섹스를 하고 싶은지 아닌지 정도는 묻기 전에 파악을 해보든 내심 감지를 하든 할 수는 없는 걸까? 한심한 인간들.

*

결혼이 또 쓸모가 있었을 때는 손문상(가명)이 많이 아팠을 때. 그래서 그가 병원에 입원했을 때. 살면서 결혼이라는 것을 이렇게나 필요한 것으로 만들어놓고서 누구는 할 수 있게 하고 누구는 할 수 없게 하다니? 이걸 왜 남자와 여자인 경우에만 허용하는지 내 이성으로 이해할 수 없다. 공부하고 생각한 바로 이것을 논리 있게 설명할 수 있는 사람? 그러니까 화내지 말고. 하나님이 어쩌고도 하지 말고. 사회적 합의 어쩌고도 하지 말고. 논리는커녕 허술하기 짝이 없는 제도를 이렇게 오랫동안 고수할 수 있다는 것에 사람들은 깜짝 놀라야 한다. 남자와 여자만 결혼이라는 것을 할 수 있게 하겠다? 그러면 병원에서 원하는 사람이 필요할 때 보호자가 될 수 있게 하든가. 내가 가진 것을 내가 원하는 사람에게 줄 수 있게 하든가. 왜 결혼으로 제한하지? 그러면서 다양한 방식으로 살아가는 사람들을 시민으로 인정하지 않는 건 왜지? 어째서 인간의 존엄을 해치는 방식으로 결혼을 작동하게 하지? 인간의 존엄은 자본이 아니라서?

*

그나마 한번 자자고 하는 인간이 낮다고 여겨질 때가 있다. 섹스 대신에 연애라는 단어를 사용할 때 그렇다. 어떤 사람은 섹스하자는 말을 연애하자고 한다. 인간은 연애라는 단어를 다양한 용도로 사용한다. 그것을 섹스의 용도로 사용할 때 나는 바로 구분할 수 있다. 그 말을 하는 표정이 매우 역겹기 때문이다.

*

확실하게 짚어둘 것은 섹스가 역겹다는 것이 아니다. 타인은 그럴 생각이 전혀 없는데 실실 웃으며 아님 말고 식으로 말을 꺼내기 때문에 역겨운 것이다. 말하기

69

전에 생각이라는 것을 못 하나? 못 하니까 했겠지만.

*

나는 지금 더 이상 사람과 연애를 하지 않아도 되어서 좋다.

*

누구도 내게 연애를 가장해 같잖은 요구를 하지 않는다.

*

깨끗하고 상쾌한 이 기분.

*

내가 했던 모든 연애는 나를 혼자서 걷게 했다. 걷는 것 말고 다른 좋은 방법을 알지 못했다. 걷는 것 말고는 아무것도 효과가 없었다. 걸음을 멈추는 순간 나는 그를 죽이러 가고 말 것을 알았다. 그래서 무조건 걸었다. 그런 놈 때문에 내가 살인자가 될 순 없다. 교도소는 무서운 곳일 것이다. 나는 단체생활을 절대로 견디지 못할 것이다. 타인의 통제하에 생활할 수 없을 것이다. 절대로 죽여서는 안 된다. 정신없이 걷다 보면 너무 정신이 없어서 기분 같은 걸 신경 쓸 여력이 없다. 격렬한 산책은 기분을 압도한다. 격렬한 산책은 인간을 제압한다. 격렬한 산책은 몸을 정화한다. 정화된 몸에는 다른 감

70

정이 자리를 잡는다. 그러면 새로운 감정에 따라 걸음이 바뀐다. 천천히 걸을 수 있을 때 산책은 비로소 사유하는 인간을 길 위로 인도한다.

*

반대로 사유하는 인간은 걷지 않고도 산책할 수 있다. 사유의 산책은 몸을 정지한다. 정지된 몸은 내 앞에 없는 풍경을 향유하고 나는 여기에 있으면서 동시에 다른 곳에 있을 수 있다. 거기가 어딘지는 나도 모른다. 가장 좋은 산책은 앉아서 혹은 누워서 하는 산책이다. 여기에 있으면서 어디든 갈 수 있다. 그러기 위해서는 혼자여야 한다. 깨끗하고 상쾌한 기분으로. 인간이 침범하지 않는. 나 혼자인 상태.

*

로베르트 발저는 눈 덮인 길의 한가운데 죽은 채로 발견되었다.

*

걷다가 혼자서 죽은 사람. 이보다 더 혼자인 상태를 알지 못한다.

*

조심해야 할 대상은 항상 인간이다. 인간 말고 또 무엇이 있을까. 지네? 뱀? 지네와 뱀은 확실히 위험하다. 집에서 지네를 발견하고 무작정 도망가서는 안 되지만 도저히 그것을 어떻게 할 수 없는 사람도 있다. 도망갔다가 다시 돌아왔는데 사라져 있다면? 그것은 어디에 있을까? 분명히 나와 한집에 있을 텐데. 지네는 신발 속에 잘 숨는다고 들었다. 신기 전에 반드시 확인해야 한다고. 그냥 신었다가는 지네에게 물릴 수도 있다고. 그런데 확인하는 일도 그렇다. 신발을 뒤집어 흔들었는데 지네가 떨어지면? 아, 아무 신발도 신고 싶지 않다. 뱀은 무조건 도망쳐야지. 뱀하고 뭘 하려고 하지 말고. 또 뭐가 있으려나. 버섯? 버섯도 아무거나 따서 먹으면 안 될 것이다(시도해본 적은 없다). 어쨌든 인간의 주변에는 지네나 뱀보다는 인간이 자주 출몰한다. 그러니 각별히 조심해야 할 것도 지네나 뱀보다는 인간이다.

*

　그 외 다른 것이 있다면 내게도 알려주기 바란다.

*

지네도 그렇지만 돌변하는 인간에게 나는 대단히 취약하다. 이렇게 공공연하게 약점을 드러내도 되나 싶을 만큼 나에 대한 진실된 면 중 하나다. 이 책을 읽는 사람 중에 나를 뒤흔들어 바닥에 내동댕이치고 싶다면 나에게 접근한 뒤에 어느 정도 시간을 두었다가 갑자기 돌변하기만 하면 된다. 그러면 나는 한동안 바닥에 쳐박혀서 일어서는 것조차 못한다. 시간이 오래 걸린다. 당신은 그런 내 앞에서 한동안 승리의 기쁨을 누릴 수 있다. 그러니까 어쩐지 상대를 뭉개고 승리하는 기분을 맛보고 싶다면 지금까지와는 전혀 다른 태도로 돌변하면 된다. 그러면 나를 가볍게 제압할 수 있다. 지금까지 나에게 했던 말을 바꾸고, 표정을 바꾸고, 우리 사이에 있었던 일이 모두 거짓이었다고 하면 된다. 그리고 다른 사람들에게 가서 마구 거짓말을 해대면 된다(사실 이런 방법을 쓰면 사람 하나는 반쯤 죽여놓을 수 있다).

✳

내가 선뜻 약점을 드러내는 것은 어느 정도는 상대가 돌변하는 이유를 알게 되었기 때문이다. 어쨌거나 자신을 지키는 방법 중에 최악의 그것밖에 모르는 것이니. 나로부터 자신을 지키려는 인간을 이해 못 할 것은 없다. 인간은 스스로 자신을 지켜야 한다.

✳

모든 것을 부정하는 것이 자신을 지키는 방법이라 여겨서 그랬다면 나는 바닥을 짚고 일어서서 다른 곳으로 갈 수 있다. 모든 것을 부정한 자가 그 자리에 남아서 자신이 외면한 것들을 앞으로 어떻게 처리할지 궁금하긴 하다. 하지만 직접 물어볼 수는 없는 노릇이고. 언젠

73

가 또 알 수 있는 날이 오겠지. 너무 늦지 않게 알고 싶다(뒤처리 중에 자기 거짓말을 믿어버리는 편리한 방법도 있기는 하다).

*

그리하여 나를 최악의 인간으로 기억하고 있을 사람에게. 역시 복수의 문장인.

*

나는 언제나 내가 더 최악이지 못했던 것을 아쉬워하고 있다. 더 많이 최악일 수 있었는데.

*

언젠가 또 내가 최악이 될 수 있는 기회가 생긴다면 최선을 다해 더욱 더 많은 최악을 안기고 싶다. 그들이 죽을 때까지 내가 가장 최악의 인간일 수 있도록.

*

하지만 "우리가 증오해야 하는 것은 인간 희생양이 아니라 빈곤, 질병, 억압, 자연재해 같은 비인격적 대상"이라고 어니스트 배커는『죽음의 부정』에 썼다.

증오는 불가피하지만 여기에 지성과 지식을 접목하면 파괴적 에너지를 창조적 행위로 돌릴 수 있을지도 모른다.

배커가 "창조적 행위로 돌릴 수 있을지도 모른다"며 그 가능성을 전부 열어두지 않은 것은 "창조적 행위"가 인간 모두에게 골고루 부여되는 자애로운 선물이 아니기 때문일 것이다. 내 생각은 그렇다. 인간이 지식을 가진다 해서 자연히 지성이 따르지 않듯이. 지식이 있고 지성이 없는, 창조하지만 창조하지 않는 것이 나은 인간이 도처에 있다. 우리는 함께 살아가야 한다. 그래서 나는 "창조적 행위로 돌릴 수 있을지도 모른다"는 충고가 우려스럽다. 저걸 읽고 용기를 내면 어떡해.

따라서 흘깃 스치는 것조차 괴로운 것을 창조하는 것보다, 인간을 증오하는 것보다, '빈곤'과 '질병'과 '억압'과 '자연재해'를 생각하는 것이 중요하다는 의견에 동의한다. 인간은 그런 면에서 쓸모가 있다. 무엇에? 인간이 사는 이 세계에.

＊

나는 죽지 못할 바에 쓸모라도 있고 싶다. 내가 사는 이 세계에.

＊

그 편이 인간에게도 쓸모 있는 인간으로 남는 방편일 것이다.

＊

그러기 위해서는 나 자신과 먼저 거리를 두는 것이 필요하다. 자기 자신과 가까운 인간은 타인에게 가까이 다가가기에 유해하다는 것을 생각해봐야 한다. 자기 자신과 거리를 두는 인간이 타인과의 거리 두기에 가까스로 성공한다. 그것이 자신에게도 타인에게도 가장 가까운 거리라는 것. 그것이 내가 살면서 맺어온 관계들에서 다만 인간으로 남기 위해 안간힘을 쓰며 배운 것이다.

자
연

인간의 조건을 완전히 초월하면 우리가 상상할 수 없는
무한한 가능성이 열린다.
그렇다면 정신 건강을 위해 이상적인 것은 무엇일까?
그것은 삶이 죽음, 현실에 대해 거짓말을 하지 않는 미더운 한가,
스스로의 명령을 따를 만큼 정직한 환각이다.
내가 뜻하는 명령은 자신을 정당화하려고 죽이지 말라는 것,
타인의 생명을 빼앗지 말라는 것이다.
― 어니스트 베커,『죽음의 부정』

1장을 읽다가 도저히 참고 볼 수가 없어서 도중에 여기로 온 사람이 있을 것이다. 혼자서 산책하고 싶은 사람. 아무 데로나 이끌리는 대로 혼자서 걸을 수 있는 사람. 그러다 무언가 예기치 못한 것을 만나고 혼자서 집으로 돌아가는 사람. 그것을 간직하고 다음을 살아가는 사람. 혼자서 잘 있는 사람.

✳

인간은 인간에게 항상 필요하지 않지만 자연은 없어서는 안 된다. 자연의 소멸은 인간의 소멸을 뜻한다. 인간도 있긴 있어야 한다. 항상 필요하지 않을 뿐.

✳

몇 번인가 나는 죽으려고 했는데 그것은 삶이 보잘것없어서였다. 삶이라는 것이 아니라 나의 삶. 어디에 있는지 모르는 아빠와 신을 사랑하는 엄마와 사랑이 무언지 모르는 나와 궁핍한 생활이 싫어서 나는 오랫동안 살아가는 일을 언제든 그만할 수 있게 되기를 바랐다.

✳

하지만 스스로 죽는 것은 어려운 일이다. 살면서 가장 어렵고 매번 실패하는 일도 내가 스스로 삶을 멈추는 일이다. 나는 그저 언젠가 죽는다는 사실에 안도하면서 살아왔다. 그것 말고 다른 것을 알지 못했다.

너무 많이 생각하면 죽을 수 없다. 죽고 난 이후의 내 모습이라든지, 죽고 난 이후의 뒤처리를 생각하면 산 속에 들어가 죽은 다음에 짐승에게 다 먹히는 편을 택하는 것이 나을 것이다. 그마저도 행운이 따라야 하겠지만.

흔히들 향정신성 약물을 할 때 믿을 만한 사람들과 함께하는 것이 좋다고 한다. 나는 죽는 것도 비슷하게 생각한다. 내가 가장 믿는 사람에게 발견되고 그 뒤처리를 맡기는 것이 좋을 것이다. 그러나 이 생각은 내가 믿는 사람에게 가장 가혹한 일이 될 수 있으며, 나의 믿음 또한 얼마든지 빗나갈 수 있다는 것을 염두에 두어야 한다. 믿음이 빗나갔다는 것을 알아차리는 것은 죽음에 실패했다는 뜻이다.

그다지 과장하거나 호들갑을 떨지 않아도 둘 다 끔찍한 경험이라 할 수 있다.

*

나는 모든 사람이 죽지 않고 반드시 살아가야 한다고 생각하지 않는다. 죽음은 자신의 삶과의 단절이자 삶이 맺어주는 관계와의 단절이다. 죽음은 내가 살면서 접촉하는 모든 것으로부터 나를 분리시킨다. 나는 자신이 태어나는 것을 선택할 수 없는 것과 마찬가지로 죽음 또한 스스로 결정할 수 없다는 것에 의문을 품고 있다. 하지만 나의 이런 생각을 사람들에게 주장할 생각은 없다.

*

사는 동안에 단 한 번도 죽음에 대해 생각해보지 않은 사람이 있을 것이다. 그런가 하면 매일 죽음을 생각하는 사람도 있을 것이다. 나는 매일 죽음에 대해 생각하는 사람이다. 나는 행복하게 죽고 싶다. 행복하게 죽고 싶어서 매일 죽음에 대해 생각한다. 내가 더 이상 살아가지 않기로 숙고하여 신념을 가지고 결정했을 때 어떻게 하면 행복하게 죽을 수 있는지 매일 상상한다.

　　지금 당장 나에게 안전하고 행복하게 죽음을 선택할 수 있는 방편이 있다면 좋을 것이다. 그러면 더 이상 죽음을 생각하지 않을 텐데. 안심하고 살아갈 텐데. 매일 다른 내일을 만들 텐데. 매일 다른 용기를 가질 텐데. 매일 다른 사랑을 낳을 텐데.

*

세상이 내게 가져다 주는 여러 문제들에 맞서 살아간다 한들 그 끝에서 맞닥뜨리는 죽음이 비극이라고 생각하면 서서히 병들어가는 마음을 무엇으로 위로해야 할지 모르겠다. 나는 내게 마련된 건강한 죽음을 갖고 싶다. 다시는 죽는 것에 실패하고 싶지 않다. 서서히 나를 죽이는 것도 그만하고 싶다.

91

자살하지 않고 살아가기로 한 사람들은 대신 천천히 자신을 죽인다. 병이 나도 돌보지 않고 최소한만 먹으면서 주어진 일을 무감하게 해내고 무엇과도 관계를 맺지 않는다.

'지금 죽는 것'에 실패한 나는 대신에 '언제든 사는 일을 그만해도 좋다고 생각하는 것'을 삶의 동력으로 삼았다. 언제든 그만 살면 되니까. 생각하면 희한하게 조금 더 살 수 있었다. 정말로 그만 살면 된다고 생각하기 전까지는.

병원에서 돌아와 내가 처음으로 한 일은 고양이 똥을 치운 것이다. 그사이 일주일이 지나 있었다. 일주일이나 입원할 일인가 싶었지만, 끝에 며칠은 이대로 퇴원했다가는 뭐라도 탈이 나지 싶어 내 상황을 잠자코 받아들였다. 고작 일주일이었지만 집안은 고양이 똥냄새로 가득 차 있었다. 순간 나는 그대로 현관문을 열고 나가 다시 병원으로 가고 싶었다. 하지만 그것은 기분일 뿐이고. 내게 주어진 선택지는 둘쯤 돼보였다. 고양이 똥을 치우거나 근처 어느 깨끗한 숙소를 예약하고 곧장 그리로 가거나.

　　퇴원 수속에 맞춰 오겠다던 사람은 전화를 아무리 해도 받지 않았다. 집에 오니 침대에 몸을 반쯤 걸치고 엎어져 자고 있었다. 문간방에 짐을 대충 내려놓고 침실로 가서 그의 몸을 뒤집었다. 딴에는 일어나라고 무심코 한 행동이었다. 여기서 나의 선택지는 하나로 정해졌다. 고양이 똥을 치우는 것. 손문상(가명)은 배로 고양이 똥을 뭉개고서 자고 있었다. 똥냄새를 비집고 독한 술 냄새가 훅 끼쳤다. 세상에. 어떻게 이럴 수가 있지?

＊

어떻게 나한테 이럴 수가 있어?

⚜

일주일은 7일이다. 세 끼를 꼬박 먹으면 스물한 번의 식사를 하고, 화장실 역시 비슷하게 다녀올 것이고, 책을 한두 권 읽거나 영화를 두세 편 볼 수도 있을 것이다. 나는 사흘 간 밥을 못 먹었고 나머지 나흘은 하루에 두 끼씩 먹었다. 책을 한 권 읽었고, 시집 교정지를 처음부터 끝까지 집중해서 보았고, 잠들기 전에는 아무 영화나 틀어서 화면을 쳐다보았다. 보아도 그만 안 보아도 그만인 장면들이 눈앞에 흐르다 암전되었다. 평소에 나는 사람에 대한 기대가 없고 사람은 대체로 아무

93

렇게나 되는 대로 행동하며 살기 때문에 상당히 엽기적인 경우가 아니고서야 어떻게 이럴 수가 있냐는 질문은 좀처럼 하지 않는다. 하지만 눈앞에 고양이 똥을 뭉개고 만취해 잠든 사람을 보면 어떻게 이럴 수가 있냐고 묻게 된다.

＊

그만 살아도 된다는 마음. 나는 그만 살아도 된다는 생각을 하고서 그것을 실행에 옮겼다. 하지만 실패했고, 일주일 동안 느슨한 감시 속에서 공동생활을 하다 집으로 돌아왔다. 당시에는 고양이 똥을 뭉개고 술 냄새를 풍기며 자고 있는 사람을 이해할 수 없었지만 지금은 이해한다. 나라면 더한 짓도 했을 거라는 걸 집에 돌아와 밤에 혼자 깨어 있으면서 알게 되었다. 그리고 고양이 똥을 뭉갠 것쯤은 받아들이게 되었다. 나라면 어땠을까. 같이 살던 사람이 혼자서 이제 그만 살겠다며 그것을 실행에 옮겼을 때, 나라면 어떻게 했을까. 일주일 동안 무얼 했을까. 사랑하는 고양이가 침대에 누고 간 똥을 얼굴에 처바르며 울었을지도 모른다. 너 혼자 죽겠다는 걸 보니 우리는 함께 사랑하며 살고 있지 않구나 생각하고 어디론가 가버렸을지도 모른다. 한편으로는 너도 나 없이 살아 봐, 그런 마음. 갔다가 다시 돌아올지라도 한 번은 그렇게 해야 직성이 풀렸을 것이다.

언제든 그만 살면 되니까. 이 생각은 그러나 여전히 내게서 유효하다. 언제든 그만 살면 된다고 생각하지 않으면 나는 살 수가 없다.

삶이 내게 어떤 모습이어야 계속해서 살고 싶은 마음이 들 거라는 뜻은 아니다. 삶에 대해 바라는 뚜렷한 것은 없다. 다만 내가 원하는 모습으로 타인의 삶에 구애받지 않고 살고 싶은 욕망은 매우 강하다. 그리고 어느 날 갑자기 태어나서 살고 있자니 그에 알맞을 정도로만 언제든 갑자기 그만 살아도 된다는 생각을 하고 있을 뿐이다. 갑자기 태어난 것과 갑자기 죽는 것의 균형을 맞춘다랄지. 다만 전과 다른 것이 있다면 지금은 혼자 살고 있지 않다는 것. 전에는 항상 고양이 생각을 했다. 고양이를 집에 혼자 두고 죽으면 안 된다고 생각했다. 이번엔 고양이 생각을 안 했다. 나 말고 집에 사람이 하나 더 있었기 때문이다. 그런데 사람은 두고 죽어도 되나? 나는 그 사람을 사랑했다. 지금도 사랑하고 있고. 앞으로도 사랑할 것이다. 사랑하는데 왜 죽어? 이렇게 물으면 나는 할 말이 없다. 돈이 많은데 왜 죽어? 이런 생각을 하는 사람도 있을 것이다. 마찬가지로 사랑도 다 소용이 없구나 생각하는 사람이 있을 것이다. 돈

도 사람을 구원하지 못하는구나 난데없이 깨닫는 사람
도 있을 것이다. 소박하고 작은 삶에 감사하자는 사람
도 있을 것이다. 이런 깨달음이 너무 많아서 하는 얘긴
데 다 웃기는 소리다. 사랑하거나 돈이 많은 사람은 어
쩌면 사랑이나 돈에 대해 조금 알게 될 수도 있다. 하지
만 구경꾼은 어렴풋이 느낄 수 있을 뿐이다. 그러니까
주제에 대해 깨닫는 사람은 늘 관객이다. 관객은 깨닫
고 깨달은 것을 말한다. 마치 깨달은 것을 말하기 위해
존재하는 것처럼 아주 열심히 열정을 가지고 말한다.
그들이 말하는 것을 누구도 막을 수 없다.

*

그러나 삶은 우선 살아가는 것이다. 그 전에 제발 좀 그
만 깨달았으면. 가만 보고 있으면 그들은 무엇이든 깨
닫느라 정작 자기 삶을 살 시간이 없어 보인다(실은 잘
모른다). 잘 모르면서 왜 지껄이냐고? 깨달음은 삶을 더
욱 풍성하게 해준다고? 네. 알겠습니다.

*

고양이 똥을 치우고 나니 현관에 높이 쌓인 박스들이
보였다. 참 이상하다. 집에 들어올 때는 없었는데. 내
키만 한 박스들이 현관을 점령하고 있는데도 알아차리
지 못 했다니. 보니까 다 내가 주문한 것들이었다. 박스
하나에는 텐트와 야영 의자가, 또 하나에는 캠핑 요리

도구들이, 또 하나에는 아이스박스가 들어 있었다. 의자는 두 개가 나란히 접혀 담겨 있었다. 요리 도구도 두 사람이 사용할 만큼 넉넉히 들어 있었다. 텐트도 2인용이었다. 나는 그것들이 든 박스를 도로 닫으며 현관에 서서 조금 울었다.

*

요즘 병원 다인실에는 리모컨으로 전원 버튼만 켜면 되는 벽걸이 TV가 걸려 있다. 동전을 넣은 시간만큼 볼 수 있는 TV는 옛날 얘기가 된 것이다. 나는 3인실에 있으면서 식판을 반납하러 반대편 승강기 앞으로 갈 때마다 지나치는 6인실의 사뭇 다른 풍경을 바라보았다. 잠결에 나는 간호사가 다인실로 옮길 거냐고 묻는 소리를 들었었다. 아마 병실로 옮겨온 첫 날이었을 것이다. 손문상(가명)은 아니라고, 여기에 있겠다고 했다. 자는 척을 하는 것은 아니었지만 그렇다고 깨어지지도 않았다. 내가 누워 있는 건지 앉아 있는 건지 분간하지 못 하는 동안에도 가끔씩 소리들은 들렸다.

그래서 나는 그의 결정으로 3인실에서 매일 좀 더 비싼 돈을 사용하고 있다는 것을 알고 있었다. 6인실은 넓고 모두가 커튼을 열고 있었다. 전면의 창문도 활짝 열려 있어서 침대 발치로 난 통로에 네모난 빛을 드리우고 있었다. 그 때문인지 형광등이 모두 켜져 있어도 한낮에는 더욱 어두워 보였다. 3인실은 그의 절반쯤 작고 입구 쪽의 내 침대는 늘 커튼으로 가려져 있었다. 그래도 나 말고 다른 두 사람이 병실에 있는 것이 안심이 되었다. 그러나 나 말고 다섯 사람이 더 있는 것은 견딜 수 없을 것 같았다.

병실이 비싸지 않아?

나는 한 번도 묻지 않았다. 병원에 있는 동안에 내가 일부러 모르려고 한 것은 3인실의 1일 사용료다. 퇴원할 때 알아버리긴 했지만.

*

병원비는 내가 생각한 것의 절반쯤 나왔다. 서울의 여느 병원보다 입원비 자체가 싼 것인지 암 병동이 아니어서 그런지 모르겠지만 어쨌든 내가 짐작한 것에 한참 못 미쳤다. 만약 손문상(가명)이 고양이 똥을 뭉개고 잠들지 않고 약속한 시간에 퇴원 수속을 하러 왔다면 나는 병원비가 얼마 나왔는지 그에게 묻지 않았을 것이다. 어떤 도리는 항상 묻어두고 싶다. 어떤 일은 도리 없이 살고 싶다. 그래서 나는 남이 내게 주는 것보다 내가 스스로 갖는 것이 좋다. 지금껏 도리를 모른다고 책망하던 사람과는 단 한 명도 빠짐없이 관계를 끊었다. 어쩌면 부모와도 그래서. 단지 도리 때문에. 그깟 도리 때문에 모든 단절이 시작되었는지도 모르겠다.

노인이 되면 필연적으로 요양 시설에 가게 될 거라고 생각하고 있다. 내게 요양 시설이 필요할 만큼 긴 시간을 살아낸다면 말이다. 살아 있는 사람에게는 언젠가 반드시 자력으로 살아갈 수 없는 날이 온다. 그럴 때 타인에게 홀대를 받지 않고, 타인이 나의 신체를 함부로 다루지 않고, 내가 나의 쇠락을 편안히 인지하는 가운데, 그러니까 나의 육체가 온전히 내 것이 아니게 되었다는 사실을 잠자코 받아들이면서, 자신을 비참하게 여기지 않고 살아 있을 수 있을까?

✳

아침 식사 후에는 혼자서 거동할 수 없는 나를 데리고 산책을 시켜줄 사람. 나는 그 사람을 위해서 내가 가진 돈을 사용할 것이다. 미래의 내가 다행히 그럴 만큼의 돈을 가지고 있다면 말이다.

✳

영화 〈4등〉에 스크립터로 참여했을 때의 일이다. 지방의 어느 선수촌에 묵으며 수영장이 나오는 분량들을 촬영한 적이 있었다. 모든 스태프가 열흘인가 그곳에서 숙식을 해결했는데, 평소 밥차의 배식이나 배달 도시락을 먹던 우리는 선수촌 식당에서 밥을 먹을 때마다 그

식단과 음식의 질과 맛에 매번 감탄했다. 게다가 개인 영역이 나름 잘 나눠진 2인실 숙소와 각 방마다 딸려 있는 샤워실도 무척 좋았다. 방 전면의 커다란 창문 밖으로는 잘 가꿔진 너른 마당이 보였다. 그곳에 묵는 동안에 나는 훗날 내가 갈 수 있는 요양원이 딱 이만큼의 시설을 갖춘 곳이라면 얼마나 좋을까 생각했다. 한번은 밥을 먹으며 맞은편에 앉은 스태프에게 (그게 누구였는지는 전혀 기억나지 않는다) 내 생각을 말했더니 왜 벌써 요양원 생각을 하느냐고 물었다. 그러게. 나도 잘 모르겠다며 고개를 갸웃하고는 내 몫의 밥을 맛있게 먹었던 것은 기억이 난다. 지금 내가 먹는 밥이 미래의 내가 누릴 수 있는 가장 좋은 행운이 아닐까 생각하면서.

*

자력으로 내 몸을 건사할 수 있을 때까지만 살아 있을 수 있다면 좋을 것이다. 그러기 위해서라도 내 죽음은 내가 결정할 수 있어야 한다. 하지만 삶이, 인생이, 이 사회가, 내가 간절히 원한다고 하여 그 원함에 응하는 방식으로 작동하지 않는다는 것을 잘 알고 있다. 나는 내가 실패한 방식을 통해 알게 된, 그리하여 그다음엔 실패하지 않을 수 있을 방식으로 나를 죽여야 할 수도 있다. 하지만 그것이 슬프거나 무섭지는 않다. 나는 스스로 죽는 것보다 죽지 못하고 타의에 의해 계속해서 살아 있는 것이 더 무섭다.

＊

시간에 맞춰 개를 산책시켜주는 사람이 있듯이, 매일 같은 시간에, 특별히 산책을 할 수 없는 날씨가 아닌 이상, 한결같이 집에 방문하여 나를 산책시켜주는 사람에 대해 생각하고 있다. 그는 미래에서 나의 상상 속에 도착하는 사람. 내게 못된 말을 하지 않고, 내 몸을 함부로 다루지 않고, 가끔씩 다른 길로 방향을 틀어 어제와 다른 풍경을 보여주는 사람. 산책에서 돌아오면 나를 창가에 앉혀주고, 내일 봐요, 하고서 떠나는 사람. 나는 창가에서 내일의 산책을 기다리는 사람.

＊

이것이 내가 상상할 수 있는 가장 평온한 나의 미래다.

＊

좋은 일이 없는데 살아가는 사람. 다른 좋은 일이 세상에 있다고 생각하지 않는 사람. 나는 다른 좋은 일이 세상에 있다고 생각하는 사람. 다른 좋은 일이 나에게 없다고 생각하는 사람. 못난 사람. 내가 되고 싶은 사람은 좋은 일이 없는데 살아가는 사람. 다른 좋은 일이 세상에 있다고 생각하지 않는 사람. 태어난 것을 원망하지 않는 사람. 부모를 미워하지 않는 사람. 못 가진 것을 염두에 두지 않는 사람. 가진 대로 나를 먹이고 나를 재

101

우는 사람. 매일 같은 일을 반복하는 사람. 감정을 밖으로 드러내지 않는 사람. 하루의 끝에는 즐겨 하는 게 하나쯤 있는 사람. 무조건 혼자서 잘 있는 사람. 의존하지 않는 사람. 사랑은 필요하지 않는 사람. 아니, 사랑에 기대를 품지 않는 사람.

＊

그런데 사랑이 삶을 구원한다고 생각하는 사람은 없다고 생각하는 사람이 있는 것은 아니겠지?

＊

그럴 리가.

＊

어떤 사람은 사는 것을 버거워하는 나에게 이렇게 말했다(당시 옆에 있던 사람이 "맞아"하고 맞장구를 쳤다).

＊

"하지만 너는 사랑하는 사람이 있잖아."

＊

(그래. 있다. 어쩌라고.)

✳

(멍청이들.)

✳

세상에는 멍청이들이 있고 (자신이 멍청한 줄 모르고) 이
제 나는 언제든 살아가는 일을 그만둘 수 없다. 그나저
나 어떤 말로 멍청이들의 입을 닥치게 할 수 있지?

✳

"사랑히는 사림이 있나고 해서 삶이 괴롭지 않은 것은
아니야."

✳

(친절)

✳

"너는 사랑하는 사람이 왜 없어?"

✳

(의문)

✳

"그럼 너도 사랑을 하든가."

＊

(권유)

＊

"지금 되게 멍청한 말을 한 건 알고 있지?"

＊

(도전)

＊

사는 일의 괴로움을 토로하면 오래 알고 지내던 사람이 멍청하다는 사실을 알게 될 수도 있다. 그러니 사는 일의 괴로움은 되도록 토로하지 않는 것이 좋다. 오래 알고 지내던 사람이라면 더욱. 그 사람을 잃을 수도 있으니.

＊

그러나 오래 알고 지내던 사람에게 한번쯤 사는 일의 괴로움을 토로하는 것은 좋은 일일 수도 있다. 잃는 것이 더 나은 관계도 있으니.

＊

살면서 오래 알던 사람을 잃고 다시는 만나지 않고. 새로운 사람을 만나는 건 갈수록 드물어지고. 두 번은 없을 것이 분명한 사랑이 찾아오고. 두 번은 없을 것이라 그 사랑을 감행하고. 살아가는 일을 언제든 그만둘 수 없어지고. 가진 게 없어 두렵다가 지키고 싶은 게 있어 두려워지고. 다른 좋은 일이 세상에 있다고 생각하고. 태어난 것을 받아들이고. 내가 나인 것을 원망하지 않고. 혼자서 잘 있고. 둘이서 살고. 감정을 밖으로 드러내고. 매일 다른 일을 반복하고. 다른 일을 계획하고. 실패하고. 절망하고. 다른 길이 세상에 있다고 생각하고. 실패한 것을 받아들이고. 우는 것은 혼자서 하고. 웃는 것은 둘이서 하고. 희망을 갖고. 세상에 사랑이 있다는 것을 잊지 않고. 모두가 사랑하며 살지 않는다는 것을 잊어버리고.

*

사랑하며 사는 사람들은 모두가 사랑하며 살지 않는다는 사실을 깜빡 잊는다. 그러다 모두가 사랑하며 살지 않는다는 사실을 맞닥뜨릴 때 어째서 감쪽같이 잊어버린 것인지 상심한다. 그러니 희망을 가져야지. 세상이 바뀐다는. 절망하는 사람은 세상을 바꾸기에 너무 절망한다. 세상은 바뀔 건데. 내가 원하는 세상을 내가 꼭 누려야 하나? 나 말고 나중에 내가 모르는 사람들이 누리면 얼마나 좋아? 희망은 그것이고. 당장 세상이 바뀌지 않는 것이야말로 지극히 당연한 것이고. 나는 사랑하며 사는 사람으로 사랑이 없는 세상에 대해 말하고 쓸 것이고. 그러면 반드시 화를 내는 사람이 있다. 누군가 즉각 화를 내면 웃음이 난다. 내가 웃으면 그들은 나를 죽이려고 달려든다. 알겠어. 알겠다니까? 죽을 때까지 사랑이 없었으면 좋겠지? 너희한테 없는 것은 남한테도 없었으면 좋겠지? 사랑 없이 할 수 있는 것들로 이 세상을 가득 채우고 싶지? 그렇게 사랑하며 사는 사람들을 고립시키고 싶지? 괴롭히고 싶지? 너희만 갖고 싶지? 너희만 안전하고 싶지?

✳

사랑하며 살지 않는 사람들은 질문하면 화를 낸다. 나는 그들이 화가 나서 어쩔 줄 모를 때 좋다. 그들은 사랑하며 사는 사람들 앞에서 한없이 경박하다. 나는 그들이 더는 감추지 못하고 경박함을 드러낼 때 좋다. 그들의 안면이 실룩거리고 목소리가 떨리면 가만히 물러나 지켜본다. 그들은 점점 더 화가 난다. 고작 출신, 학력, 결혼, 연봉, 아파트, 땅 따위를 끌어안고. 공평해야 한다면서. 공평하게 그들처럼 살라고 한다.

✳

싫은데?

✳

사랑하며 살지 않는 사람들은 사랑하며 사는 사람들을 장애물로 여긴다. 사랑하지 않는 것이 사랑하는 것보다

106

수월하기 때문이다. 사랑하지 않는 것이 사랑하는 것보다 간단하기 때문이다.

*

사랑하지 않으면 편리할 수 있다. 사랑하지 않으면 간단히 무시할 수 있다. 사랑하지 않으면 모른 척할 수 있다. 사랑하지 않으면 회피할 수 있다. 사랑하지 않으면 무책임할 수 있다. 사랑하지 않으면 변명할 수 있다. 사랑하지 않으면 거짓말할 수 있다. 사랑하지 않으면 금세 말을 바꿀 수 있다. 사랑하지 않으면 재빨리 모습을 바꿀 수 있다. 사랑하지 않으면 더 빨리 갈 수 있다. 사랑하지 않으면 더 많이 가질 수 있다. 사랑하지 않으면 버릴 수 있다. 사랑하지 않으면 모를 수 있다. 모르는 것은 사랑하지 않으면 폭력이 된다. 아는 것은 사랑하지 않으면 허영이 된다.

*

그러나 사랑하지 않으므로 이 모든 일을 알지 못한다.

*

사랑하며 사는 사람들은 그래서 상심한다. 사랑하면 모른 척할 수 없다. 사랑하면 회피할 수 없다. 사랑하면 무책임할 수 없다. 사랑하면 변명할 수 없다. 사랑하면 거짓말할 수 없다. 사랑하면 금세 말을 바꿀 수 없다. 사랑하면 재빨리 모습을 바꿀 수 없다. 사랑하면 더 빨리 갈 수 없다. 사랑하면 더 많이 기질 수 없다. 사랑하면 버릴 수 없다. 사랑하면 모를 수 없다. 모르는 것은 사랑하면 폭력이 된다. 아는 것은 사랑하면 허영이 된다.

＊

사랑하며 사는 사람은 사랑하며 살지 않는 사람보다 적다. 언제나 그랬다.

＊

다수는 세상을 움직이고 소수는 세상을 바꾼다. 언제나 그랬다.

＊

인간이 바꾸려는 것은 인간이 아닌 것들이다.

＊

인간이 아닌 것은 인간을 죽이려 든다.

＊

〈인간을 죽일 수 있는 것들〉

① 인간 ② 제도 ③ 노동 ④ 자본 ⑤ 자연

마거릿 애트우드의 『시녀 이야기』에는 이런 문장이 나온다.

> 섹스를 못해서 죽는 사람은 아무도 없다. 우리는 사랑의 결핍으로 죽어간다.

✳

(『시녀 이야기』의 한국어판은 총 532페이지다.)

✳

(일독을 권한다.)

✳

〈인간을 죽일 수 있는 것들〉(추가)

① 인간 ② 사랑 ③ 제도 ④ 노동 ⑤ 자본 ⑥ 자연

✳

인간이 아닌 인간. 인간이 아닌 사랑. 인간이 아닌 제도. 인간이 아닌 노동. 인간이 아닌 자본. 인간이 아닌 자연.

＊

말하자면 그중에 날씨는 인간을 죽일 수 있다. 하지만 대체로는 인간을 살게 한다. 그런 면에서 날씨는 많은 자비를 지녔다.

＊

도시는 자연이 아주 분명한 형태의 공포라는 것을 증명한다. 너무 많은 집과 너무 많은 건물들, 그래서 길이 있고 표지판이 있는 곳에서 인간은 살아간다. 자연 그대로의 자연에서 인간은 절대로 표지가 되지 못한다. 자연 그대로의 자연은 인간을 죽인다. 그런 면에서 자연은 자비가 없다.

＊

어떤 순수는 인간을 죽인다. 그리고 어떤 순진함은 인간성을 훼손한다.

＊

인간을 죽일 수 있는 날씨보다 순진함에 훼손된 인간이 나는 더 무섭다.

＊

내가 살아온 날들에 하루도 같은 것이 없다면 나와 날

씨일 것이다. 나와 날씨가 하루 아니 한 순간도 같은 적이 없다는 것을 생각하면 저 멀리서 하얗게 엎어진 파도가 넓은 품으로 밀려와 내 발끝을 적시는 것 같다. 기억하자. 일생을 다해. 나와 날씨는 한순간도 같은 적이 없다는 것을.

*

기억하려는 것은 자주 잊기 때문이다.

*

살아가는 일을 그만하고 싶다고 생각할 때는 날씨에 대해서 완전히 잊은 상태다. 커튼도 문도 닫은 채로 어둠 속에 나를 내버려둔다.

*

사진가 로버트 프랭크는 자신의 1950년에 대해 이렇게 썼다.

　　미국으로 떠나다.
　　어떻게 스위스인이 될 수 있단 말인가?

　　로버트 프랭크는 1924년 취리히에서 태어났다. 스위스를 떠난 것은 이십대 중반의 일이다. 그로부터 4년 뒤 그는 결혼을 하고 두 아이를 얻고 페루에서 몇 년을

111

보냈다. 1954년의 기록은 이렇게 끝난다.

그냥 산다. 무슨 일이 생길까 궁금해하면서…….

그리고 1년 뒤 로버트 프랭크는 자신에 대해 이렇게 썼다.

줄곧 일만 했다. 말은 거의 하지 않고,
내 모습을 남에게 보이지 않으려 애쓰다.

로버트 프랭크의 자전적 경력은 간결하고, 위트 있고, 내게 감동을 준다. 실패를 적으며 자신을 남처럼 여긴다. 그는 "영화가, 혹은 영화의 구성들이 내게 남겨준 죽은 시간들 속에서 사진을 찍었다"고 한다. 나 역시 살면서 영화를 찍으려고 써둔 것들을 시로 옮겨 적었다. 나의 시는 죽은 영화나 다름없다.

＊

그런 면에서 시는 모호한 장르다. 시는 참된 거짓말을 한다. 나는 그 점이 마음에 든다. 거짓말을 하면서 더 말하지 않는다. 변명하지 않고 설명하지 않는다. 더 살지 않기 위해 자신을 죽이는 행위 같다. 그것은 비를 퍼부은 구름이 이제는 다른 쪽으로 몰려가는 것과 비슷하다. 내일은 날씨가 맑겠다고 하고서 비가 오는 것처럼 말이다.

＊

(로버트 프랭크의 자서 전문은 열화당 사진문고 8
『로버트 프랭크』에 실려 있다.)

＊

(일독을 권한다.)

＊

어떻게 사는 것이 인생을 고통스럽지 않게, 더러 활기
차고 때론 즐겁게 만들 것인지 인간은 고민한다. 잠을
푹 자고, 규칙적인 식사를 하고, 운동을 하고, 좋아하는
사람들과 시간을 보내고, 충분한 휴식을 취해야 한다는
것이 대체로 항간에 도는 이야기다.

＊

나는 잠을 잘 못 자고, 규칙적으로 식사를 하지 않는다.
주5회 재활의학과에서 물리치료를 받고 있는데 잠을
못 잔 날은 그마저 가지 못한다(그래도 주3회는 꼭 가고
있다). 친구들은 보고 싶을 때 곧장 볼 수 없다. 그들은
서울에 산다.

＊

나는 우울하기 딱 좋은 사람이다.

＊

나는 서울에서 태어나 32년을 서울에 살았고, 그사이 3년은 안동에서, 후에 2년은 제주에서 살았다. 지금은 부산에 산 지 3년이 되어간다. 서울은, 하고 말하면 여전히 복잡한 마음이 든다. 서울을 떠난 뒤로 사람들은 줄곧 "여기 사람 아니죠?" 하고 묻는다. 이제 나는 서울 사람이 아니지만 '여기 사람'도 아니다. 서울을 떠나고 새롭게 생겨난 감각이 있다면 내가 어디 사람도 아니라는 것이다. 하지만 이것은 말뿐이고 나는 어디에서든 서울 사람으로 살고 있는지도 모르겠다.

＊

서울은 내가 태어난 곳이다. 태어나보니 서울이었고 살다 보니 계속 서울에 있었다. 태어나보니 사람이고 태어나보니 여자인 것처럼. 나는 선택한 적 없이 서울에 있었다.

＊

친구들을 보고 싶을 때 곧장 볼 수 없다는 것을 제외하면 서울에 살던 것보다 제주에서 산 것이, 그리고 부산에서 사는 것이 좋다. 조금만 걸어가면 바다가 시작되기 때문이다.

＊

바다가 시작되면 더 이상 걸을 수 없다.

＊

바다 가까이 가면 늘 생각한다. 여기서부터는 걸어서 못 가는구나.

＊

인간은 자신이 걸어서 갈 수 있는 곳에 집을 짓고 산다.

＊

물론이다. 바다에 나가 몇 년을 사는 사람도 있다. 우주에 나가 사는 사람도 있다. 그리고 돌아온다.

＊

땅으로.

＊

지구로.

＊

지구는 걸을 수 있는 곳과 걸을 수 없는 곳으로 이루어져 있다. 인간이 걸어서 닿을 수 없는 곳에는 다른 많은

것들이 살고 있다. 인간은 그 사실을 잊고 산다. 다른
많은 것들이 인간이라는 종을 알지 못한다고 생각하면
조금이나마 그들에게 용서받는 기분이 든다. 하지만 가
당찮은 기분일 뿐이고. 용서는 받고 싶은 쪽에만 있는
것이다. 용서는 받고 싶은 것이지 하는 것이 아니다. 그
들은 용서하지 않을 것이다. 무엇을? 인간을.

＊

그들을 생각하면 슬프기만 하다. 그들은 자연이다. 사
는 동안에 내가 아주 조금만 볼 수 있었던 것. 아주 조
금만 보았으면서도 가장 충만했던 것. 무섭고 황홀해서
오래 견딜 수는 없던 것. 자연은 인간을 압도한다. 나는
고개를 돌린다. 압도당한 채로 살 수 없기 때문이다. 나
는 한없이 나약하고 자연은 무한히 강하다는 점에서 정
복하려는 자들의 마음을 이해할 수 있다. 따라서 정복하
려는 자들을 이해할 때도 슬픔이 생겨난다. 정복하려
는 자들 그리하여 정복한 자들이 결국에는 힘없는 사람
들과 함께 죽는다는 것도. 삶은 너무 공평하다. 모두에
게 죽음을 준다는 점에서.

＊

　자연을 생각하면 슬프고 인간을 생각하면 어둡다.

✳

나는 슬프고 어둡다.

✳

그래도 매일 기분에 조종당하지 않는 사람이 되려고 애쓰고는 있다. 하지만 잘되지 않는다. 기분은 나에 비해 강력하고 예측할 수 없다. 어느 날은 비가 와서 기분이 좋고 어느 날은 비가 와서 무력하다. 어느 날은 구름이 많아서 시간이 가는 줄을 모르고 어느 날은 구름이 많아서 시간이 멈춘 것만 같다. 어느 날은 안개가 숨을 쉬게 하고 어느 날은 안개가 숨막히게 한다. 어느 날은 화창한 날씨가 나를 활기차게 하고 어느 날은 화창해서 세상으로부터 돌아앉는다. 어느 날은 눈이 나를 밖으로 나가게 하고 어느 날은 눈이 발목을 묶는다. 어느 날은 더워서 더러워지고 어느 날은 추워서 추해진다.

✳

고대 로마의 시인 오비디우스는 "추위와 교양 없음은 떼려야 뗄 수 없는 관계"라고 썼다.

✳

알렉산드라 해리스의 『예술가들이 사랑한 날씨』에서 읽은 문장이다.

*

『예술가들이 사랑한 날씨』에는 아래와 같은 이야기도
나온다.

> 21세기의 심리학자들은 온도와 인간의 감정 사이에 어
> 떤 상호 관련성이 있는지를 이야기한다. 배척당한 느
> 낌이 들면 보통 체온이 내려간다. 달리 말해 추운 환경
> 에 있는 사람들은 따뜻한 환경에 있는 사람들보다 사
> 회적인 애착을 덜 느낀다는 것을 연구자들이 실험에서
> 밝혀냈다.

*

(『예술가들이 사랑한 날씨』의 한국어판은
총 732페이지다.)

*

(일독을 권한다.)

*

날씨나 기분이 삶에 아무런 영향을 미치지 않는 사람
이 있을 것이다. 세상에는 다양한 사람이 있으니. 바다
에 가면 화창하고 맑은 날씨여야 하는 사람이 있는 것
처럼. 바다에 갔는데 비가 오거나 날이 흐리면 안 되는

사람이 있다는 걸 알았을 때 처음에는 솔직히 경악했다. 바다 근처에 살면 바다를 보러 오는 사람들의 다양한 욕망을 경험할 수 있다. 바다를 보러 올 때 유독 날씨가 중요한 사람이 평소에도 날씨에 민감한지 궁금하다. 여태 알지 못하는 것은 그런 사람과 알지 못하기 때문이다. 본 적은 있지만 알지는 못하는 사람. 솔직히 알고 싶지 않은 사람. 아마 서로 알고 싶지 않을 것이다. 알아봤자 좋을 것이 하나 없을 관계도 있는 거니까.

※

날씨나 기분이 삶에 아무런 영향을 미치지 않는 사람에게 나 같은 사람은 얼마나 한심할까?

※

매일 묵묵히 자신의 삶을 살아가는 사람을 동경하면서 나는 책상에 가만히 앉아 날씨와 기분에 이리저리 휩쓸린다. 고작 책상에 앉아 있으면서 잠을 못 자고 고작 책상에 앉아 있으면서 밥을 제때 먹지 않는다. 고작 책상에 앉아 있으면서 약속을 지키지 못하고 고작 책상에 앉아 있으면서 병이 난다. 고작 책상에 앉아 있으면서 마음이 아프고 고작 책상에 앉아 있으면서 마음이 동난다.

＊

정말 한심하다.

＊

나는 점점 더 날씨에 가까워지고 나는 점점 더 기분이 전부인 사람이 되어간다. 그렇다고 아예 날씨가 되지도 못하고. 차라리 날씨가 되면 좋으련만.

＊

나의 꿈은 날씨가 되는 것이다. 사람은 불가능한 꿈을 하나씩 안고 산다고 할 때 바로 그 꿈. 날씨가 되면 나뭇잎 사이로 쏟아질 수 있고 날씨가 되면 양지 바른 곳에 빛을 드리울 수 있다. 날씨가 되면 물 위를 흐를 수 있고 날씨가 되면 구름 위에 떠 있을 수 있다. 날씨가 되면 책상이 아니라 어디에든 있을 수 있다. 그런데 이런 이야기를 이렇게 써도 괜찮을까? 아직 아무에게도 말해본 적이 없는데.

＊

"나는 날씨가 되고 싶어."

＊

아무렴. 누구에게도 할 수 없는 말.

그래도 산에 오를 때는 날씨가 무척 중요하다고 말할 수 있다. 산에 오를 때는 날씨가 중요하다고 말하는 게 이상하지 않다. 비가 조금 오는 산은 괜찮지만 비가 많이 오는 산은 괜찮지 않으니까. 위험하니까. 산에서는 하염없이 날씨에 대해 이야기해도 나를 이상하게 생각하지 않는다. 산에서는 아무도 나를 이상하게 생각하지 않는다. 아무도 나를 한심하게 여기지 않는다. 나도 나를 이상하게 생각하지 않고 한심하게 여기지 않는다. 산에서는 나를 나대로 내버려둘 수 있다. 산에서는 산을 오르느라 나를 생각할 겨를이 없다. 해가 지기 전에 다음 산장에 도착하는 것 말고는 중요한 것이 하나도 없다. 무조건 도착해야 한다.

산에 다시 오를 수 있다면 얼마나 좋을까. 해질녘 산장에 도착해 짐을 풀고 밥을 지어 먹을 수 있다면. 서리꽃이 하얗게 피어나는 새벽에 물을 뜨러 갈 수 있다면. 빨개진 손가락으로 이를 문질러 물양치를 할 수 있다면. 갑자기 안개가 몰려와 걸음을 멈출 수 있다면. 아무도 없는 바위 뒤에서 배낭을 내려놓고 조금 울 수 있다면. 모르는 사람이 뚝 분질러 준 오이를 한 입 베어 물 수 있다면. 다시 볼 일 없는 사람과 즐겁게 이야기를 나눌 수 있다면. 함께 밥을 지어 먹어도 이름을 묻지 않을 수 있다면. 침낭에 들자마자 잠들 수 있다면. 그저 바닥에 눕는 것만으로 잠들 수 있다면.

*

하지만 나는 이제 10킬로그램 배낭을 메고 산에서 단한 발자국도 옮기지 못할 것이다. 아니지. 출발하기 전부터 배낭에 두 팔을 끼워 어깨에 걸친 다음 일어설 수 없겠지. 고작 책상에 앉아 있으려고 물리치료를 다니고 있는데. 산은 무슨.

*

고작 책상에라도 잘 앉아 있고 싶다.

*

책상에 잘 앉아 있다가 잘 때가 되면 잘 자는 사람이고 싶다.

*

설핏 잠들었다가 느닷없이 깨어나 심장이 쿵쾅대지 않는 사람이고 싶다.

*

빛이 좋은 날엔 집 밖으로 나가 햇빛을 쬐는 사람이고

싶다.

✻

여름에는 바다에 들어가 하루라도 수영하는 사람이고
싶다.

✻

어두운 방에 누워서 그만 살았으면 좋겠다고 생각하지
않는 사람이고 싶다.

✻

어니스트 베커의 말마따나 "인간의 조건을 완전히 초
월하면 우리가 상상할 수 없는 무한한 가능성이 열린
다"고 할 때, 그래서 나는 가장 먼저 산이 떠오른다. 그
러니까 책상에 앉아 산을 생각할 때면 나의 조건을 완
전히 초월하여 내가 상상할 수 없는 무한한 가능성을
열고 싶은 욕망에 사로잡힌다.

✻

바다에 나갈 때도 날씨가 중요하다고 말할 수 있다. 바
다는 날씨가 어떻든 멀리서 바라보는 것만으로는 인간
을 죽게 하지 않는다. 하지만 바다 한가운데 있는 사람
은 날씨 때문에 죽는다. 따라서 바다를 생각할 때도 나
의 조건을 완전히 초월하여 내가 상상할 수 없는 무한

123

한 가능성을 열고 싶은 욕망에 사로잡힌다.

*

가만히 책상에 앉아 인간의 조건을 초월하고 싶은 나. 가만히 책상에 앉아 인간의 조건을 초월하여 한밤중의 산중을 걷는 나. 비바람이 몰아치는 산중에 혼자서 서 있는 나. 폭설에 무너지는 눈더미에 휩싸여 순식간에 사라지는 나. 한 번도 본 적 없는 짐승과 마주치는 나. 그것이 다가와 숨을 멈추는 나.

*

한편에 있는 인간 동물은 세상에 대해 부분적으로 죽었으며, 자신의 운명을 어느 정도 잊어버리고 삶을 살아지는 대로 내버려 둘 때 가장 '존엄'하다. 그는 주변의 힘에 안온하게 의존해 살아가고 스스로를 가장 장악하지 못했을 때 가장 '자유롭'다. 다른 한편에 있는 인간 동물은 세상에 지나치게 예민해 세상을 닫아버리지 못하며 자신의 변변찮은 힘에 의존해야 하고 움직이고 행동하는 데 가장 덜 자유롭고 스스로를 장악하지 못했을 때 가장 비천하다.

*

자신을 어느 이미지와 동일시하기로 선택하는가는 대체로 자신에게 달렸다.

✳

(『죽음의 부정』 한국어판은 총 468페이지다.)

✳

(일독을 권한다.)

✳

흐르고 있다. 무엇이, 물이, 바람이 빛이, 어둠이, 표정이, 그림자와 물체가, 움직이는 것들, 움직이지 않는 것들, 자라난다. 무엇이, 저기 저 풀들이, 나무들이, 손톱이, 발톱이, 머리카락이, 시선이, 생각이, 멈춘다. 정지하는, 이동하지 않는, 자라지 않는, 중단되는, 생겨나지 않는, 물, 바람, 빛, 어둠, 표정, 그림자, 물체, 움직이는 것과 움직이지 않는 것, 식물, 손톱, 발톱, 머리카락, 시선, 생각, 들숨과 날숨, 세포들, 입자들, 기억들, 장면들, 기억하는 장면, 기억나지 않는 장면, 기억이 되지 않는 장면.

✳

그런데 환각은 어떻게 생겨나는 것일까? 내가 만드는 것일까? 내가 만들었다면 나는 언제 그것을 만들었을까? 느닷없이 그것과 마주한다는 것은 나의 착각인가? 상상은 나보다 빠른가? 나도 모르는 사이에 나를 앞서나? 나는 지나친 상상력을 가졌나? '지나치다는 것'은 더 이상 미덥지 않은 것이 아닌기? 상싱 속의 산을 걷고 상상 속의 바다를 헤엄치고 상상 속의 사람과 연애를 하는 것은 정상인가? 정상이 아니면 비정상인가? 나는 어느 쪽인가?

*

상상 속의 산은 어떤 산이 아니다. 상상 속의 바다는 어떤 바다가 아니다. 상상 속의 산은 어디에도 없다. 상상 속의 바다는 어디에도 없다. 상상 속의 사람은 그 누구도 아니다. 상상 속의 사람은 어디에도 없다. 누구도 아닌 사람과 연애를 하면 그 누구도 내 환각을 넘어서기는 어렵다. 어디에도 없는 사람과 연애를 하면 어디서도 그를 실제로 만날 수 없다.

*

한번은 방에 누워 멍하니 벽을 보고 있는데 그 너머로 목침을 베고 누운 남자의 등이 보였다. 나는 손을 뻗어 그것을 쓸어내렸고.

*

한번은 방에 누워 멍하니 천장을 보고 있는데 불쑥 문을 열고 들어오는 남자가 있었다. 귤 한 봉지를 손목에 걸고.

※

한번은 찻집에 앉아 멍하니 창밖을 보고 있는데 이제
막 찻집으로 들어오는 내가 있었다. 나는 내가 걸어와
맞은편 자리에 앉는 것을 보았다. 맞은편의 나는 나를
보고도 알지 못하고.

※

내가 나를 본 것은 한두 번이 아니다.

※

당신도 그런가?

※

당신은 한 번도 그런 적이 없나?

※

방에 누워 있으면 거실에 앉아 밥을 먹는 내가 있다. 거
실에 앉아 밥을 먹고 있으면 방에 누워 오래도록 움직
이지 않는 내가 있다. 버스를 타면 여전히 버스 정류장
에서 버스를 기다리는 내가 있다. 나를 태운 버스는 정
류장에 나를 두고 떠난다. 버스 정류장에서 버스를 기
다리고 있으면 이제 막 출발하는 버스에 오른 내가 있
다. 나는 정류장에 있는데 나를 태운 버스가 떠난다. 택

시를 타면 어느 식당에서 밥을 먹고 니오는 내가 있다.

나는 고개를 돌리고 더 이상 내가 보이지 않을 때까지 나를 쫓는다. 밥을 먹고 식당에서 나오면 택시를 타고 지나가는 내가 있다. 소란스러운 카페에서 친구들과 이야기를 하고 있으면 저편에 혼자 앉아 있는 내가 있다. 혼자 앉아 있으면 저편에 친구들과 이야기를 하는 내가 있다.

✳

당신도 그런가?

✳

당신은 한 번도 그런 적이 없나?

✳

나는 상상 속에서 여러 사람을 죽였다. 어떤 사람은 여러 번 죽였다. 이 상상은 어떤가? 상상하는 것만으로는 괜찮은가? 마찬가지로 상상 속에서 나는 여러 번 죽었다. 상상하는 것만으로는 죽지 않는다. 그래서 여러 번 죽을 수 있었다. 나는 어떤가? 상상 속에서 나를 죽이고 내가 죽는 것을 보고.

✳

당신도 그런가? 당신도 상상 속에서 자신을 죽이나?

죽지 못하면서 나는 왜 자꾸 나를 죽이나?

✻

실제로 비바람이 몰아치는 산중에 혼자 서 있다면, 구조될 수 없는 절명의 순간이라면, 그래서 이것은 꿈이고 나는 깨어나면 안락한 집에 안전하게 있을 거라는 전제가 불가능한 상황이라면? 이것을 환각으로 향유하는 것에 대해서 나는 대답할 수 있어야 한다. 나에게 질문하는 사람이 없어도 나 스스로 내가 행하는 삶에 대해서 대답할 수 있어야 한다.

✻

나는 왜 산악인이 되지 않고 쓰는 사람이 되었지?

✻

나는 왜 선원이 되지 않고 쓰는 사람이 되었지?

✻

나는 왜 죽지 않고 쓰는 사람이 되었지?

✻

이 질문은 글을 쓸 때 가장 높은 곳에서 나를 돕는다.

가장 낮은 곳에서 나를 돕는 것은 이것에 대답할 수 있음 혹은 없음이다. 대답할 수 있다는 것은 책임질 수 있다는 것이고 대답할 수 없다는 것은 책임질 수 없다는 것이다. 대답할 수 없을 때 나는 쓰지 않는다. 책임질 수 없는 일을 스스로 알아서 하지 않는 것을 나는 양심이라 부른다. 그러므로 가장 낮은 곳에서 나를 돕는 것은 책임과 양심이다. 책임과 양심은 질문으로부터 생겨난다.

*

책임과 양심은 그것을 가진 사람만이 겨우 분별하여 알아볼 수 있다.

*

나는 책임과 양심을 지닌 사람을 좋아한다. 분별할 수 있기에 좋아할 수도 있고 싫어할 수도 있다. 책임과 양심이 없는 사람은 나를 싫어한다. 나는 책임을 요구하고 양심을 건드리기 때문이다. 나를 싫어하는 사람이 나를 좋아하는 사람보다 많다는 것을 알고 있다. 나를 좋아하는 사람은 아주 적다. 내가 좋아하는 사람도 마찬가지다. 하지만 내가 좋아하는 사람은 많은 사람들이 좋아한다. 나는 그것에 기쁨을 느낀다.

고작 책상에 앉아 있지만 현실에 대해 거짓말을 하지 말고. 고작 나 자신을 정당화하는 데 정신을 쏟지 말고. 내가 아닌 다른 것을 향해 생각을 나아가게 하고. 내가 아닌 다른 것에서 용기를 찾고. 내가 아닌 다른 것에 용기를 사용하고. 누구나 비겁하다는 것을 잊지 말고. 내 것이 아닌 것은 쓰지 말고. 나인 것과 내가 아닌 것을 분별하고. 내가 아닌 것으로 불행하지 말고. 나인 것으로 행복하고.

*

산과 바다는 물론이고 '미더운 환각'에는 인간도 포함된다. 내 환각 속의 인간은 실제로 대상이 없다. 그는 누구도 아니다.

*

'미더운 환각' 속에서 인간은 인간이 아니라 자연에 가깝다.

*

자연에 가까운 인간은 인간의 조건을 초월할 것을 요구한다. 그리고 인간은 자신의 한계를 지닌 채 자연 밖에서 살아간다.

나는 한밤중에 혼자서 산에 오르지 않는다.

나는 한밤중에 혼자서 산에 오른다.

나는 깊은 산중에 혼자서 짐승과 마주치지 않는다.

나는 깊은 산중에 혼자서 짐승과 마주친다.

나는 폭설에 무너지는 산비탈에 휩쓸리지 않는다.

나는 폭설에 무너지는 산비탈에 휩쓸린다.

나는 비바람이 몰아치는 바다 한가운데 혼자서 헤엄치지 않는다.

나는 비바람이 몰아치는 바다 한가운데 혼자서 헤엄친다.

나는 인간이 살지 않는 섬에 도착하지 않는다.

나는 인간이 살지 않는 섬에 도착한다.

나는 아무렇게나 자란 풀들 사이를 걷지 않는다.

나는 아무렇게나 자란 풀들 사이를 걷는다.

나는 가장 높은 나무에 올라가 더 먼 곳을 바라보지 않는다.

나는 가장 높은 나무에 올라가 더 먼 곳을 바라본다.

나는 인간이 없는 곳에서 살지 않는다.

나는 인간이 없는 곳에서 살아간다.

나는 인간이 없는 곳에서 인간을 필요로 하지 않는다.

나는 인간이 없는 곳에서 인간을 필요로 한다.

말들의 흐름 5

산책과 연애
Walks and Relationship

1판 1쇄 펴냄 · 2020년 9월 15일
1판 8쇄 펴냄 · 2023년 10월 30일

지은이 · 유진목
펴낸이 · 최선혜

편집 · 최선혜
사진 · 손문상 유진목
디자인 · 나종위
인쇄 및 제책 · 스크린그래픽

펴낸곳 · 시간의흐름
출판등록 · 2017년 3월 15일
주소 · 서울시 마포구 토정로 33
Email · deltatime.co@gmail.com

ISBN   979-11-90999-01-4 04810
       979-11-965171-5-1(세트)